妖精メイド

Ami Suzuki
鈴木あみ

CHARADE BUNKO

Illustration

みろくことこ

CONTENTS

1

（……どうしよう）

榊幸歩《さかきゆきほ》は、夜の街を彷徨《さまよ》っていた。

そろそろ家に帰らないと、弟が心配する。残業で遅くなるのはいつものこととはいえ、もう十時半を過ぎ、十一時が近い。

そう思うのに、どんな顔をして帰ったらいいか、わからなかった。アパートまであと二駅の乗換駅の前で、幸歩は歩道橋の上から動けなくなっていた。

事件は、数時間前に遡《さかのぼ》る。

——まだ頑張ってるの

残業していた幸歩に、社長が声をかけてきたのだった。

——今日はもう帰っていいよ

——でも、まだ仕事が残ってるので

幸歩が働いている会社は、いわゆるブラック企業といわれる会社だった。あくどい事業をしているわけではないが、社員への待遇がひどいのだ。

安月給にもかかわらず、サービス残業が多い。有給休暇もとらせてもらえない。喫煙ブースもなく煙が充満する劣悪な職場環境で、何か少しでもミスがあれば、社長は社員を怒鳴りつける。

けれども不況の今、勤め先を選り好《え》みする余裕は、幸歩にはなかった。

——君は本当によく働いてくれるよね。頼もしい限りだ

そう言って、社長は肩を抱いてきた。

——……ありがとうございます

幸歩はさりげなくその腕を外そうとしたが、なかなか上手くはいかなかった。社長はさらに幸歩を引き寄せ、耳許《みみもと》で囁《ささや》いてきた。

——ここだけの話、君の給料を上げてやってもいいと思ってるんだ

——えっ

その言葉は、幸歩の心を強く引きつけた。

幸歩の両親はすでに亡く、一緒に暮らしている弟は、まだ高校生だ。授業料は無償化になったとはいえ、教材費や修学旅行費、クラブ活動の部費や用具代、食べ盛りの食費など、何かと金がかかり、家計はいつも火の車だった。

今の薄給を、少しでも上げてもらえれば、凄《すご》く助かる。

（そのためならちょっと肩を抱かれるくらい、実害があるわけじゃないし……）

そう思い、我慢しようとしたけれども。

社長の手は肩から次第に腕を滑り、尻へ下りていく。意図がないとは思えないくらいあからさまに撫《な》で回してくる。

気持ち悪さに、幸歩は思わず立ち上がった。

――やめてください……!! 私は男ですよ……!?

――それがどうした？

社長はまったく動じなかった。それどころか幸歩を机に押し倒し、ズボンのベルトに手をかけてくる。

――男も悪くないもんだよ？ 一度試してみればわかる
ベルトを外され、前に手を突っ込まれた瞬間、幸歩は限界に達し、社長を蹴飛《けと》ばしていた。再び襲いかかってくる男に、手探りで机の上にあったファイルを投げつける。それが社長の顔に傷をつくった。

彼は頰《ほお》を押さえて叫んだ。

――き、きさま、俺を誰だと思ってるんだ……！ クビだ、クビにしてやる……!! 明日から来なくていい、退職金も払わないからな……！

幸歩は思い出し、ため息をついた。

生温《なまぬる》い風に吹かれながら欄干《らんかん》に凭《もた》れ、行き交う車の灯《あか》りを見下ろす。

（クビか……）

両親が亡くなってからというもの、入学する予定だった大学も諦《あきら》めて、ぎりぎりの生活を送ってきたのだ。貯金もほとんどないし、失業して退職金ももらえないとなったら、これからどうしたらいいのか。

（生活していけない）

景気はまだよくならないし、有利になるような資格も持ってはいない。簡単に再就職できるとも思えなかった。

（明日行って謝れば、クビは取り消してもらえないかな……？）

などと考えたりもするが、

（……そのときは、もしかしてああいうことをOKしたことになるのか……？）

身体《からだ》をさわられたり、もっといろいろされたりすることを？

そもそも我慢すればよかったのだろうか。

（男だし……、たいしたことないと思えば、そうとも言えるのかも……）

けれどもやはり、もう一度同じ状況になったときに自分が耐えられる気は、まったくしなかった。

女性とも経験がないのに、男となんて考えられない。

(しかも、好きでもない相手と)

古いのかもしれないが、そういうことは好きな相手とだけするべきだと幸歩は考えていた。

(好きな相手と……)

頭にぼんやりと浮かびかける面影を、振り払う。

そのときだった。

「榊……! 榊じゃないか……?」

声をかけられて、幸歩ははっと顔を上げた。

近づいてくるスーツを着た長身の男には、見覚えがある。

「須田《すだ》……?」

「ひさしぶりだな、こんなところで会うなんて」

高校時代の同級生、須田恭一《きょういち》だった。幸歩は目を見開いた。

「本当に……。この前の同窓会以来だよね?」

あれから二年はたっている。もともとさほど親しいわけではなかったが、そのあいだ一度も会わず、連絡をとったこともなかったのに、こんなときに偶然会うなんて。

「今、仕事の帰り?」

「今日はちょっと飲み会があってね。榊は?」

「うん……。まあそんなところ」

ほかにどう言えばいいかわからず、幸歩は答える。けれども須田は、その表情から何かを察したようだった。

「……何かあった？」

「え、……いや、別に」

適当にごまかそうとする。二年ぶりに会った旧友に、いきなり愚痴を零《こぼ》すのはさすがに憚《はばか》られた。

「そう？」

「うん」

「じゃあさ、俺の話を聞いてくれないかな？」

「えっ？」

「ここで会ったが百年目っていうか、榊に相談したいことがあるんだ」

「俺に相談……？」

ひさしぶりにばったり会っただけの旧友に、いきなり相談とはどういうことなのか。首を捻《ひね》りながらも、そんなふうに言われると、断りにくかった。

家に帰りたくない気分だったことも手伝って、幸歩は頷《うなず》いていた。

高校の同級生にばったり会ったから軽く飲んで帰る、と幸歩は弟にメールを入れ、須田がたまに行くという小さなバーへ行って、彼と二人で飲んだ。

「それで……何か相談があるんじゃなかったの？」

他愛《たわい》もない世間話のあと、幸歩は口にした。だが、須田は逆に問いかけてきた。

「その前に……やっぱり榊、何か悩んでるんじゃないの？　仕事のことで」

「えっ、……どうして」

わかったんだろう、と思う。

「仕事の話をしようとすると、顔が曇るからさ。もしそうなら、少しは相談に乗れるかもしれないよ。一応弁護士だしね」

（……そういえば）

須田は弁護士になった、と二年前に聞いていたのだった。見ればバッジもつけている。

彼と自分の立場の違いに、幸歩は密《ひそ》かにため息をつく。高校時代の成績には、それほど大きな違いはなかったのに。

「同級生のよしみで、相談料はとらないからさ」

と、彼は笑った。幸歩も力なく微笑《わら》い返す。

「……実は」

少し酒も入って舌が軽くなっていたのだろう。促されるまま、幸歩は今日の出来事を須田に話した。

社長にセクハラされ、蹴飛ばしたら相手が怪我《けが》をして、クビを言い渡されたこと。

「なるほど……。そんなことでクビにするなんて、訴えて撤回させることもできるとは思うけどね。でもそこ、どう考えてもブラック企業だろう」

「うん……」

「退職金と、慰謝料でももらって、別の仕事を探したほうがいいんじゃないか？」

「それができるならね……」

戻ればまたいつセクハラを受けないとも限らない。できることなら、別の仕事を見つけたかった。不況で再就職が難しいとはいえ、もう少しはましなところがあるかもしれない。給料は似たり寄ったりでも、せめてセクハラのないところが。

退職金をもらえれば、失業保険もあるし、落ち着いて次の仕事を探すことができる。

問題は、どうすればそれを社長に支払わせることができるかということなのだが。

「どこか……役所に行けば、相談に乗ってもらえるんだっけ……？」

そういうことにはまったく疎いが、知識を総動員して幸歩は聞いてみる。だが、須田は言った。

「よかったら、俺が手続き代行しようか？」

「え……⁉」

幸歩は思わず顔を上げた。

「それは……ありがたいけど、そこまでしてもらうわけには」

須田は弁護士だから、そういう処理はお手の物だろう。けれども弁護士に頼めば、当然料金が発生する。幸歩にはとてもその弁護料を払うことができない。

「勿論《もちろん》、ただでとは言ってない」

「俺、お金は」

「金じゃなくてさ。榊、俺と取引しない？」

「取引？」

「相談があるって言っただろ？」

（あ……そういえば）

もともとは、それを聞くために飲みに来たのだった。

「汚いやりかたしてごめん。でも、どうしても嫌なら断ってくれていいから。その場合でも会社のほうの処理はちゃんとやるし」

そこまでして、須田が頼みたいことってなんだろう。幸歩はまるで思いつかなかった。そもそも彼とはさっき偶然会っただけで、あらかじめ考えていたこととも思えないのに。

須田は唇を開いた。

「榊、同窓会の幹事、やってみないか」

予想外の言葉だった。

「同窓会の、幹事?」

幸歩はつい目をまるくして問い返した。

須田の顔がわずかに赤みを帯びた気がした。でも淡い灯りのせいでそう見えただけで、見間違いだったのかもしれない。

「いや、……ひさしぶりにみんなに会いたいって思ってたんだ。そんなときに、ちょうど榊と会ったから」

「それは……俺もみんなには会いたいけど……。前回の同窓会から二年たってるしね」

その気持ちはわかるが。

「……でもどうして、そんなことを俺に? 同窓会をやりたいなら、須田が幹事をやればいいんじゃないの?」

「まあ、そうなんだけどね……」

忙しくて手が回らないとか、いろいろ面倒だからとかいうのならわからないではないが、他人に頼むまでもなく、須田なら誰よりも手際よく準備万端整えることができるだろうに。

幸歩は、どう答えるべきか悩んだ。

退職の件を引き受けてくれるという須田の頼みは、できれば聞いてやりたい。というか、もし須田の頼みを断るのなら、自分の頼みを聞いてもらうわけにもいかないだろう。それは幸歩にとって、ついさっき生まれたばかりの希望を失うということだ。

だが、同窓会を開くとなると、自分だけの都合では済まない。ちゃんと開催できなければ他人に迷惑をかけることになるから、責任を持てないのならきちんと断るべきだ。幸歩にはあまり自信がなかった。

「引き受けたいのは山々だけど……」

と、幸歩は言いかける。けれども、須田はそれを遮った。

「実作業は俺がやってもいいんだ。名前を貸してくれれば、それで」

「……え?」

つまり須田は、手配が大変だからとか、忙しくて無理だから、幸歩にやらせようとしているわけではないということだ。

(だったらどうして?)

「あ……ええと」

須田は気まずそうに目を逸《そ》らす。

(そういえば、さっきも……)

ひさしぶりに皆に会いたい、と言いながら、須田は微《かす》かに赤面していたようだった。

もしかしたら須田は「皆」ではなく、特定の誰かに会いたいのではないだろうか。だからこそ、ひさしぶりに会った幸歩に取引を持ちかけてまで、こんなにも一生懸命、同窓会を提案しているのではないか。

須田がなぜ自分で幹事をしようとしないのかは疑問だが、だったら協力してやりたい、と幸歩は思った。須田を、彼の会いたい人に会わせてやりたい。

誰かに会いたくてたまらない気持ちは、幸歩も痛いほど共感できたからだ。

「わかったよ、須田」

と、幸歩は言った。

「本当に……!?」

須田はひどく嬉《うれ》しそうだった。こんなに喜んでくれるなら、引き受けた甲斐《かい》があるというものだ。

幸歩は微笑った。

「うん。ちょうど失業して暇になったところだしね。引き受けるからには、ちゃんと自分で頑張ってみるよ。でもこういうの初めてだし、須田に面倒をかける部分もあるかもしれないけど……」

「いや、ほんとに俺もできるだけのことはするから……!」

須田は何度も謝り、協力を約束してくれた。

「頭を上げて。俺もみんなに会いたいし、須田のためだけにやるんじゃないからさ」

幸歩にも、会いたい同級生がいる。

その姿が、瞼《まぶた》に浮かんだ。

(同窓会を開けば、彼も来てくれるかもしれない)

卒業以来、何度か開かれた同窓会に、彼が顔を出したことはなかった。その理由も想像がつく。

(自惚《うぬぼ》れだ)

でももし幹事として幸歩の名前を見たら、来る気になってはくれないだろうか。

自分でも、そう思う。

——また会えるよね。卒業しても友達だよね
卒業式の日、勇気を振り絞って口にした言葉を、はっきりと拒絶されたことは今でも胸に痛かった。でも——それでも。

こんな機会でもなければ、もう会うことはできないだろうから。

須田と別れ、終電で自宅アパートへ向かいながら、幸歩は高校時代のことを思い出していた。

（一柳《いちりゅう》……）

有名な広域暴力団の組長の庶子だと言われ、それを納得させるだけの威圧感と荒《すさ》んだ空気を纏《まと》った男だった。他校の生徒と喧嘩《けんか》して半殺しにしたとか、いつも違う女を連れていると か、そんな噂《うわさ》は枚挙にいとまがなかった。

同級生だったけれど、彼は学校へ来ないことも多かったし、出席しても誰とも交わることがなかった。周囲も彼を遠巻きにしていた。最初は幸歩も彼のことが、どちらかといえば苦手——否、怖かった。

彼と初めて会話らしい会話を交わしたのは一年の秋、文化祭の準備をしていた頃のことだった。

幸歩たちのクラスはお化け屋敷をやることになっていた。

担当ごとに分けられた班のうち、幸歩は衣装班Aで、ひとりで居残って衣装や小物をつくっていた。他のメンバーはそれぞれに外せない用があるということで、先に帰ってしまっていた。

——もともとおまえが着る衣装なんだし、別に俺らいなくてもいいだろ？

苛《いじ》めというほどではないが、幸歩はおとなしい性格のせいか、ある種の人間には舐《な》められやすかった。こういうふうに押しつけられることはよくあって、もう慣れっこになっていた。

衣装といっても、女子のデザインに沿って既存の着物をアレンジするだけだ。頑張ればひとりでもなんとか間に合いそうだから、騒ぎにする気はなかった。

そんなある放課後、無遠慮に教室のドアが開き、他のクラスの生徒が四人、踏み込んできた。着崩した制服や横柄な態度に、警戒心を煽《あお》られる。見覚えはあるが、口を聞いたことはない生徒たちだった。

「あれえ？　まだ居残ってんだ？　いいのかよ、こんな時間まで」

「ちゃんと許可はとってあるはずだけど」

「嘘《うそ》つけ、俺たちはダメだって言われたぜ」

たぶん文化祭委員の須田や白木《しらき》が、教師たちに上手く言って特例的に許可を出させていたのだろう。だがそれを今、幸歩に言われてもしかたがない。

「さすがA組は特別あつかいってか。頭いい奴が羨《うらや》ましいなあ」

「あ、羨ましさのあまり手が滑った」

「あ……！」

せっかくつくった小物を床に落とされた。幸歩は思わず椅子《いす》から腰を浮かせ、手を伸ばす。その瞬間、脚を払われた。

「あッ……！」

どさりと床に倒れ込む。立ち上がるために突いた手を踏みつけられた。顔を上げ、睨《ね》めつければ、彼らはにやにやと笑った。

「この衣装、おまえが着るの？　A組はお化け屋敷だっけ。もしかして雪女とか？」

「なに、女装じゃん！」

「いくらA組が女子少ないっていってもなあ」

「でも可愛《かわい》くね？　実は女の子かもよ？」

「脱がしてみるか」

「え、まじ？」

「そっち押さえてろよ」

「やめ……っ！」

　逃げようとしたが、多勢に無勢だった。あっというまに押さえ込まれてしまう。口も手で塞《ふさ》がれ、助けを呼ぶこともできなかった。ぶち、と音を立て、制服のボタンが飛ぶ。

（誰か……！）

　大きな音を立てて、再び教室のドアが開いたのは、そのときだった。

　幸歩を押さえつけていた男たちが、一斉に振り向く。

　入ってきたのは、幸歩と同じクラスの一柳だった。

「てめえら、何やってんだ？」

　怒鳴るというのでなく、低い声で問いかけ、百九十近い長身から彼らを見下ろす。幸歩をからかっていた男たちは、凍りついていた。何もしなくても相手を震え上がらせるだけの威圧感が、当時から彼にはあったのだ。

一柳はゆっくりと踏み込んできて、彼らのひとりの襟首を摑《つか》んだ。幸歩から引き剝《は》がし、突き放す。

彼は机に叩《たた》きつけられた。崩れ落ちて床へ突っ伏すかたちになったが、すぐに起き上がり、教室を飛び出していく。ほかの仲間が慌ててあとを追った。

一柳はそれを見送ると、幸歩に視線を落とした。

「……怪我はねえか」

「う、うん」

腰が抜けて立てない幸歩に、彼は手を差し伸べてきた。恐る恐る、幸歩はその手をとる。思いのほか温《あたた》かかった。ぎゅっと握り締められ、心臓が大きく音を立てた。

「……ありがとう」

引き起こされ、幸歩は微笑《ほほえ》んだ。

「……本当に助かった」

正直、怖かった。彼が来てくれなければどうなっていたか。

まさか男の身で強姦《ごうかん》されたとまでは思わないが、写メを撮られてばらまかれるとか、その程度のことならいくらでもありえた。

一柳は、慌てたように幸歩の手を放した。

「?」

「——いや。……衣装、ひとりでやってんのか」

「まあ、自分の衣装だから」

「班のほかの奴らは——って、聞くまでもねえか」

幸歩は苦笑する。なんだかそんなことはもうどうでもよくなっていた。

一柳は、幸歩の前の席の椅子に背を前にして座り、鋏《はさみ》を手にした。

「これを切ればいいのか」

「え?」

手伝ってくれるつもりなのだ。

自然と笑みが零れた。今まで彼のことを怖いと思っていたのが、嘘のようだった。

「ありがとう!」

(本当はけっこういい人なのかも)

と思う。

その日から文化祭の準備が終わるまでの数日間、一柳は毎日さりげなく現れて、作業につきあってくれた。

あまり喋《しゃべ》らなかったけれど、幸歩の他愛もない話にちゃんと耳を傾けてくれた。幸歩自身、本来はあまり喋るほうではないのに、このときは変に饒舌《じょうぜつ》になっていた。見た目がこんなにも強面《こわもて》なのに、意外と不器用なのがわかったのも楽しかった。

もしかしたら彼は、また彼らが戻ってきたときのために、幸歩をガードしてくれていたのではないかと思う。

あれから九年たった今になっても、そんなささやかな思い出が、幸歩は忘れられなかった。

2

同窓会の準備は、着々と進んだ。

須田と相談して日時と会場を決定し、手紙やメールを送って出欠を確認する。手順はインターネットで調べたり、須田に教えてもらったりした。彼が先回りしてやってくれたことも多かった。

前回の幹事から送ってもらった名簿をもとに連絡したので、宛先不明で戻ってきたものもあり、そういう同窓生には一応電話をかけてみる。実家の親が出て、新住所や電話番号を教えてくれる場合もあった。

また、届いてはいるようでも、締め切りを過ぎても返事がない同窓生にも電話を入れてみた。

一柳も、そういったうちのひとりだった。

ひどく緊張しながら実家に電話を入れると、彼はすでに実家を出てマンションで一人暮らしをしていると母親が教えてくれた。同窓会の手紙は実家に届いていたが、転送されないまま放置されていたらしい。

　彼の今の住所は、よくテレビでも話題にもなっている、有名な複合施設の中に建つマンションだった。そんなところに住んでいるのかと、少し気後れさえ覚えてしまう。

(……電話、するべきだよね)

　日にちの余裕がなくなっているし、新住所に改めて手紙を送るより、電話したほうがいい。他の同窓生たちにもそうしたのだし、なんら躊躇《ためら》う必要などないはずだった。これは幹事として、ごく当然の行動だ。

　なのになぜか、携帯を持つ手が震える。心臓がどきどきする。

　実家に聞いた番号のメモを見ながら、幸歩はボタンを押した。

　幸歩の携帯番号は高校時代から変わっていないが、一柳に教えたことはない。知らない番号からかかってきた電話に出てくれるかどうか。

(出てくれなくてもしかたな――)

『――はい、一柳です』

「わっ」

　思わず変な声が出てしまった。実際、警戒してなかなか出てくれなかった旧友もいたから、なかば留守電に吹き込む心の準備をしていたのだ。

『もしもし?』

（あ……）

一柳の声を聞くのは、卒業式の日以来、七年ぶりのことだった。懐かしくて、つい聞き入ってしまいそうになるけれども。

「――あの、榊です。青葉《あおば》高校一年A組で一緒だった……」

幸歩がそう名乗ると、微かに息を呑《の》む気配を感じた気がした。

「……わかりますか？」

『あ、ああ……』

少し戸惑ったように、彼が答える。

「おひさしぶりです」

『……ああ、そうだな』

低いけれど、甘く感じる声だった。

「元気だった……？」

『ああ』

用件を切り出さなければならないが、すぐに終わってしまうのがもったいないような気がした。でも、ほかに話題があるわけでもない。

一柳は急な電話に戸惑っているし、長電話は迷惑になる。

「あの……」

そう思い、同窓会のことを口にしようとしたときだった。

『……そっちは？』

と、彼が言った。

『……元気か？』

社交辞令のようなものだとわかっていても、問いかけられて嬉しかった。高校時代でさえ自分から話してくれることは少なかった彼が、と思うとよけいに。

「うん。……なんとかやってる。今は生活も落ち着いてるし、弟も高校生になって、家のこともいろいろ手伝ってくれるし……」

『そうか、よかった』

「一柳は……？　仕事、忙しい？」

『まあな』

「前に雑誌で見たよ。新進気鋭の実業家、って。頑張ってるみたいで、凄いなって思ってた」

『そんないいもんじゃねえよ』

一柳は、苦笑のようなものを漏らした。

『……それで、何か用があったんじゃないのか？』

そう問われれば、用件に移らないわけにはいかなくなった。

「うん。……実は、今度同窓会を開くことになって、俺が幹事なんだ」

『幹事……!?　おまえが!?』

一柳は声を上げた。驚くのも無理はないのかもしれない。幸歩は決して幹事を買って出るようなタイプではないからだ。

『まさか、誰かに押しつけられたんじゃ……』

今でも心配してくれる気持ちが伝わってきて、引っ込み思案だった自分が少し情けないのと同時に、やっぱり嬉しい。

「違うよ。……みんなに会いたいと思ったから、自分で決めたんだ」

『なら、いいが……』

「……あの、それで同窓会の通知をご実家のほうに出したんだけど、届かなかったみたいだから……。この携帯番号は、ご実家に電話して聞いたんだ。勝手にごめん」

『いや……』

幸歩は同窓会の日時と場所を告げた。

「都合はどうかな？　今決められないようなら、後日でもかまわないけど。近いうちにまた連絡するから、そのときでも……」

そうすれば、また話をすることができる。

『いや』

だが、彼は言った。

『その日は仕事が入ってて、無理だと思う。せっかく電話をくれたのにすまないが、俺は欠席させてもらう』

「――そう、なんだ……」

スケジュールを確認したふうでもない返事だった。検討の余地もなく、来てくれる気はないのだ。

一柳の拒絶を感じて、幸歩の胸は痛んだ。彼が自分にまた会いたいとも、話をしたいとも思っていないことは、最初からわかっていたのに。

『わざわざありがとうな。――じゃあ』

「あの……っ」

なのに、電話を切りかけた彼を、思わず引き留める。

「で、でも、もし当日、都合がついたら顔だけでも出して……！　待ってるから！　二次会は、一次会の近くの店で……」

店の名を告げる。

『ありがとう。でも無理だと思う。――それじゃあ』

今度こそ電話は切れた。

幸歩は携帯を閉じ、額に押し当てて、深く吐息をついた。

（……やっぱりだめか……）

彼が来てくれないことは、本当は予測していた。クラスに特別仲のいい友人もいなかったはずだし、どちらかといえば浮いていたと言ってもいい。出席したい気持ちになる理由がない。

（それに……いろいろあったたし）

けれどもずいぶん時間がたったから、もしかして――と、少しだけ期待したのだ。

もう七年も会っていなかったのに、自分でもいつまで引きずっているのかと思う。

（……でも、変わってなかったな）

低くて少し怖いけど、どこか甘い声。喋りかたはぶっきらぼうでそっけないのに、心の底のやさしさを感じられるところ。

（今、どんなふうになってるのかな……）

去年雑誌で見た写真はずいぶん格好よくて、本物のセレブのようだったけれど、現実もあんなに素敵なんだろうか。

（ああいう写真はだいぶ修正入ってたりするとはいうけど……）

少しだけでも顔を見せてくれたらいいのに、と幸歩は思った。

七年前——高校三年の冬。

三年生は自由登校になっていたが、幸歩は毎日登校して、がらがらの教室や図書館で自習していた。

当時、両親は家にいれば必ず大喧嘩をしていて、勉強にならなかったからだ。あとから思えば、このときすでに会社は倒産寸前まで傾いていて、それが喧嘩の原因になっていたのかもしれない。

そしてもうひとつの理由は、学校に行けば一柳に会えるからだった。

一年の文化祭のとき以来、幸歩が仲介するかたちで、彼は前よりはクラスメートたちとも打ち解けるようになっていた。とはいっても、出席率が上がり、それなりに行事に参加する程度で、ふだんは教室の一番後ろの席で仏頂面をしているだけだったのだが。

彼の変化は嬉しいけれど、少しだけ寂しい。自分だけが彼の友達ならいいのに。——それはほかの友達には感じない、不思議な感情だった。

でも、自由登校の学校ではふたりだけだ。

本当は、三年になってからは別々のクラスだったが、幸歩はほかに人がいないのをいいことに、彼のクラスにお邪魔していた。

彼が近寄りがたい空気を纏っているのは前と同じだけれど、幸歩が傍《そば》に行くのは嫌がらなかった。

――おまえ、一柳とたまに一緒にいるけど、怖くないのか?

そんなふうに聞いてくる級友もいた。

怖くなかった。楽しかった。彼は決して手を上げるようなことはしなかったし、幸歩にやさしかった。

教室へ行くと、たいてい先に彼がいる。

自分の席で、机に脚を投げ出して音楽を聴いている。

幸歩を待ってくれている……と考えるのは自惚れすぎだろう。彼の父親の組もごたごたしていた時期だったし、家を離れていたかったのかもしれない。

それでも幸歩が行くと、彼はイヤホンを外してくれた。

一緒に勉強したり、他愛もないことを話したりした。

彼は理数系が得意で、幸歩の苦手な数学を教えてくれた。幸歩は文系クラスだったが、このときにはすでに国立しか無理だと両親に言われていたから、共通テストを受ける必要があった。結局は、それも無駄になったわけだけれども。

事件が起こったのは、そんなある日のことだった。

教室へ行っても、彼がいなかった。

今までにも、たまにはそういうこともあったが、この日は黒板に伝言が残されていたのが、いつもと違う点だった。

——榊へ。体育倉庫で待ってる。一柳
なぜそんなところに？

携帯番号がわかれば電話して確認できたが、幸歩は知らなかった。

ともかく、行ってみればわかる。

幸歩は首を傾《かし》げながらも、体育倉庫へ足を運んだ。

扉を開け、真っ暗な中を覗《のぞ》き込む。

——一柳……？

その瞬間、後ろから頭を殴られ、幸歩は意識を失った。

朦朧《もうろう》とした中で、身体にふれる手。撫で回され、脚を抱えられ、抵抗しようにも身体が動かない。

そして次に目を覚ましたときには、体育倉庫の中は大騒ぎになっていた。

ぼやけた視界の中に、一柳の背中が見えた。そしてその向こうに教師たち。幸歩は裸で、教師のひとりの上着にくるまれ、その腕に抱きかかえられていた。

はっと飛び起きると、

——目が覚めたか？　もう大丈夫だからな
と、教師が言った。

いったい何が起こったのか、幸歩にはまるでわからなかった。記憶をたぐっても、はっきり覚えているのは殴られたところまでだ。

——……何があったんですか？　俺、どうして……

——覚えてないのか？　だったら、思い出さないほうがいい
それが教師の答えだった。

他の教師たちは、一柳を責めていた。

——なんてことをしたんだ、生徒が生徒を襲うなんて……！

その言葉で、自分が裸なことと、撫で回された感触が繋《つな》がった。自分が何をされかけたのか、幸歩は理解した。

(でも、まさか一柳がそんなこと)

ありえない、と思った。彼が友人を殴って強姦するような男だとは思えなかったし、幸歩に対してそういう欲望を持っていたとも思えなかった。女性関係の噂が絶えない男だったが、それが噂ばかりではないことも感じていた。友人を敢《あ》えて襲うほど不自由していたはずはないのだ。

幸歩を襲ったのだとしたら、別の誰かだ。

けれども一柳は、教師たちの追及を否定しなかった。ただ黙って責められるままになっていた。

――榊君、この件はなんとか穏便に済ませてくれないだろうか。こんなことが表沙汰《おもてざた》になったら学校も困るが、君だって好奇の目にさらされることになると、教師は幸歩に頼み込んだ。

一柳はそれを、鼻で笑った。

――わかっただろ。おまえももう俺に近づかないほうがいい
こんな真似《まね》をしたのは一柳本人だと認めるような科白《せりふ》だった。黒板に残されていた伝言も、証拠として挙げられた。

けれども幸歩は信じられなかった。

今でも信じてはいない。一柳はそういう男じゃない。彼が幸歩を呼び出したいなら、わざわざ足がつくような伝言など残す必要もなかったはずだった。

信じていたから、幸歩は事件のあとも、以前と変わらない態度で彼に接するつもりだった。

でも彼は、それから卒業まで登校することはなかった。

事件のあと、彼に最初に――そして最後に会ったのは、卒業式の日だ。

ほとんど諦めかけていたから、来てくれて嬉しかった。

帰り道、姿を探し、さりげなく並んで歩いた。もう、事件のことにふれようとは思わなかった。

――また会えるよね。卒業しても友達だよね

ただそれだけ、約束したかった。
――携帯番号、教えてくれる？　俺のは――
けれども幸歩が渡そうとしたメモを、一柳は受け取らなかった。
――卒業したら留学することになってるんだ。かける機会はないと思うから、悪いけど
それが彼と交わした最後の言葉だった。

一柳が気持ちを変えて、出席すると言ってくれるのではないか。

期待しない――と言いつつ、つい携帯をこまめにチェックしてしまう。

そんな幸歩に、同窓会直前となっていたある秋の夕方、まったく別の男からの着信が入った。

「兄さん……!?」

榊風太《ふうた》――表示された名前に目を見開き、慌てて受ける。

――金持ちになって、おまえたちにも楽させてやるからさ！

そんなことを言って、兄の風太が家を出ていったのは、六年ほど前になるだろうか。

幸歩より三歳上の風太は、羽振りがよかった頃に散々贅沢《ぜいたく》をして育ったせいか、両親の死

後、貧乏な暮らしに耐えられなかったのだ。残り一年となっていた大学を卒業するや否や、家を飛び出していった。

以来、たまに電話は来るものの、顔を見せたことはない。今回の電話も、約半年ぶりのものになる。

「今どこにいるんだよ、半年も音沙汰なしで……！」

『おまえ、今、会社？』

当然だが、幸歩がクビになったことは知らないらしい。

「家だけど……」

『もう終わったのか。じゃあちょうどいいや。近くまで来てるんだ。会わないか？　駅前の店で待ってるからさ』

「ちょ、兄さ……」

場所を告げて、一方的に切れてしまう。

まだ同窓会の準備も残っている。けれども六年ぶりに会おうという兄の誘いを断れるはずがなかった。

直後にたまたま電話をくれた須田が、席順籤《くじ》の作成を引き受けてくれることになり、足を向けて寝られないような気持ちになる。

幸歩は急いで指定された喫茶店へ向かった。

「幸歩……！　ひさしぶりだな……！」

店のドアをくぐると、風太は奥の席から手を振った。

「兄さん……！」

六年前より、少し痩《や》せただろうか。もともとあまり折り目正しいタイプではなかったが、さらにだらしなくなったようにも見える。色めいたといえばそうなのかもしれないが、なんとなく悪い予感がする。

それでもやはり、数年ぶりに兄の元気そうな顔を見られてほっとした。

「兄さん、いったい今まで――」

「まあ座れよ」

つい問い詰めそうになるのを兄は遮り、幸歩に席を勧めた。そして水を持ってきたウエイトレスに、

「ホットココアひとつ」

と、幸歩のぶんを注文してしまう。

「で、よかったか？」

「兄さん……」

それは十代だった頃の、幸歩の好みだった。当時でも男としてはかなり幼かったとは思うが、二十五になった今では普通にコーヒーを飲めるようになっていた。

けれども風太が自分の嗜好《しこう》を覚えていてくれたことに、心が温かくなる。一番辛《つら》いときに出ていってしまった兄とはいえ、やはり血の繋がった兄弟なのだと思う。

幸歩は頷いた。

「どうせなら家で、翔《しょう》にも会ってくれればよかったのに。きっとあいつも――」

会いたがるかどうかは、本当は微妙だ。風太が出ていったときまだ小学生だった弟の翔は、両親に続いて長兄にも捨てられたと思い、今も恨んでいるからだ。――それでも。

「俺はおまえに話があるんだよ」

だが、風太は言った。

「最近どうだ？　少しは生活は楽になったか？」

「……まあ、少しは」

会社をクビになった、とは言えなかった。ひさしぶりに会った兄を、心配させることになってしまう。

「そうか、よかった。俺もおまえたちに楽をさせてやりたかったんだけどさ……」

「そんなこと」

幸歩は首を振った。一旗揚げるのは、簡単なことではない。できなかったとしても、風太が悪いわけではない。

「もういいから、家に――」

帰ってきてくれ、と言おうとした。けれども風太は、それを遮る。

「でも、ここを乗り切れば、今度こそ大金が手に入ると思うんだ」

「……え？」

「俺、今事業やってるんだ。スマホでやるゲームとか、アプリとか開発してんの。最先端だろ？　絶対儲《もう》かるはずなんだ」

「――兄さん……プログラム組んだりできるの……？」

幸歩と同じ、完全な文系頭だったのに。

「できる奴と組んで、俺は社長なんだよ」

と、風太は胸を張った。

「俺は主にアイデアを出したり、資金管理したりしてるんだ」

「資金、管理……」

どちらかといわなくてもずぼらな兄に、そんなことができるのだろうかと思う。その予感は、当たってしまった。

「それで実は、ちょっとやばい筋に借金つくっちまってさ」

「やばい筋――って……」

「わかるだろ？」

風太は自分の頬を人差し指でなぞってみせた。顔に傷のある――やくざを示すしぐさだ。

幸歩は眩暈《めまい》を覚えた。

「でもこの借金を返しさえすれば、絶対持ち直せるはずなんだ。頼む、三百万でいい。なんとかならないか……!?」

「そ……そんな大金、あるわけないだろ……!」

ただでさえかつかつの生活だったのに、会社をクビになったのだ。そんな余裕があるはずがない。だが風太は、再び頭を下げる。

「倍にして返す。頼む……!」

当てにならないのもほどがある科白だった。しかも、たとえそれが本当だったとしても、ない袖《そで》を振ることはできない。

「そう言われても、無理なものは無理だよ」

「どこかで借りられないのか？　会社で給料を前借りするとか」

幸歩は首を振った。

「……実は、会社クビになったんだ」

言わなければ、家計の厳しさをわかってもらえないだろう。だが風太は幸歩の言葉に、心配するそぶりも見せなかった。

「じゃあ、おまえ高校は青葉だったろ？　昔の友達に借りるとかは？」

「な、何言って……っ、そんな大金、貸してくれるわけないだろ!?」

「そんなのわからないだろ、言ってみなきゃ」

「言えるわけないだろ……！」

いくら相手が金持ちでも、よほどの親友でもない限り、赤の他人に大金を貸すわけがない。考えたらわかりそうなものだと思う。しかも卒業から七年たっていて、そのあいだ同窓会以外では、ろくに誰とも会ってはいないのだ。

それにたとえ貸してくれたとしても、風太の事業が持ち直さなければ返す当てさえない。そんな不安定な借金を、安易に他人に頼んでいいわけがない。

兄は項垂《うなだ》れた。

「……どうしても無理か……？」

「ごめん。……でもほかを当たって欲しい」

「ほかに当てがあるなら、可愛い弟に迷惑かけようなんて思うわけないだろ？　もうおまえだけが頼りだったんだ……」

机に伏せた兄の背中が震える。

「だめだな、俺は……。父さんや母さんみたいには絶対ならないつもりだったのにな……」

「兄さん……」

「……死のうかな」

「兄さん……!!」

幸歩は思わず声を上げた。

心中した両親の姿が、脳裏を過《よ》ぎった。もし、風太までそんなことになったら。——そう思うと、全身が凍りつく。

「冗談だよ」

と、風太は言ったが、一度冷たくなった体温は、戻ってはこなかった。幸歩は自分の身体を抱き締める。

「けど、借金返せなかったら、どっちみち保険金かけられて、殺されるかもな」

そして兄は、伝票を持って立ち上がった。

「あ、それくらいは俺が……」

「悪いな」

あっさりと伝票を机に戻す。

「また連絡するわ。おまえも、もし金の都合がつきそうになったら電話して。俺が生きてるうちに。なーんちゃって」

へらへらと笑い、風太が店を出ていく。

幸歩は足が竦《すく》み、それから長い時間動くことができなかった。

できるものなら兄を助けたい。もし兄まで両親のように自殺してしまったら、と思うと怖くてたまらなかった。

けれども三百万もの大金はどこにもない。

(いっそ同窓会で誰かに借金を……いや、でもそれは)

やはりしてはいけないと思う。

(でも、兄さんが)

ぐるぐると悩むうちに、あっというまに同窓会当日を迎えてしまった。

頑張った甲斐あって参加者も多く、盛況だ。懐かしい旧友たちにもひさしぶりに会えて嬉しかった。——来ていない男もいたけれども。

3

滞りなく同窓会が終わり、予約してあった二次会の会場へと流れる。

そして二次会が終わっても、一柳は現れなかった。

三次会からは、あらかじめ予約してある店ではない。参加者も減ってくるし、残った者たちで適当に決めることになる。

幸歩ももう帰ってもよかったのだが、幹事としての責任もあって残った。

奥まった席に落ち着き、注文を済ませると、幸歩は携帯を取り出した。

（一応、一柳にも知らせておこう）

そうすれば、仕事が終わったら――気が向けば、顔を出してくれるかもしれない。この頃は、メールアドレスを知らなくても、電話番号で他社携帯にもメールできるから便利だ。

（――の店にいるので、時間できたら、顔を出してください）

と打ち、読み返して、「よかったら」を挿入する。そして送信。

「何やってんの？」

携帯を弄《いじ》っていると、ふいに隣に腰を下ろしてきた同窓生がいた。

「……舞原《まいはら》」

高校時代には、親しい――というよりは、よくからかわれた相手だった。軟派で人当たりがよく、友人は多かったと思うが、どちらかといえば素行不良気味で、そのせいか一柳ともそれなりに交流があったはずだ。

「ちょっとメールを」

とだけ答え、幸歩は携帯を閉じる。

「彼女？」

「まさか……！」

「まさかってことはないだろ。幸ちゃんだって男なんだから」

たいして親しくないにもかかわらず、昔から舞原は幸歩のことを、幸ちゃんと呼ぶ。誰に対してもこういう態度なのだが、なんとなく憎めない。

「それにイケメンっていうのとはちょっと違うけど、こういう可愛い系が好きって女の子、多いと思うけど」

「そんなことないだろ……」

「ところでさ、さっきちらっと会社クビになったたって小耳に挟んだけど、ほんと？」

「えっ」

仲のよかった友人に話したのを、聞かれていたらしい。別に隠すつもりはなかったけれども、正直なところ、あまり知られたい話ではなかったのだが。

「うん、まあ」

「俺、人材派遣の会社やってるんだよね。バイトみたいなつもりで登録してみない？」

「人材、派遣……？」

「うん。うちはその気になれば、稼げるよ？」

多少の胡散臭《うさんくさ》さは感じないこともない。だが兄の件がある今、稼げる、という言葉は幸歩にとってかなり魅力的だった。——とはいえ、三百万もの大金が派遣で稼げるはずもないけれども。

「人材派遣って、どんな……？」

「わかりやすく言うと、家事代行業ってのが近いかな」

仕事などで忙しい人のために、そういうサービスがあるのは、幸歩も聞いたことがあった。ということは、特に怪しい商売ではないのだろうか。

彼は名刺を取り出し、差し出してきた。

受け取って、視線を落とせば、「マイメイドサービス」と書いてある。舞原の肩書きは代表取締役社長だ。

「登録してもらった顧客の家に、専属のハウスキーパーを派遣するんだ。料理、掃除、洗濯、完璧《かんぺき》にこなせる子をね。幸ちゃん、家事できるんだろ？」

「ひと通りは……。でも完璧なんてことは全然」

両親が亡くなってから、家事は主に幸歩がやってきた。だからたいていのことは一応できるのだが、自己流で覚えたやりかたに過ぎない。料理だって、食べ盛りの弟を抱えて質より量、手間のかからない男の料理だ。

「いいんだよ、そんなこと。基礎があれば、うちで実習やってきっちりコツを教えるからさ。テレビで見たことない？　二時間くらいで水まわりぴかぴかにして帰っていく掃除のプロ。ああいう感じで、そのほかのことも、専業主婦の奥さんの仕事をすべて完璧に代行できる専属の子を派遣するのが、うちの会社」

「専業主婦の奥さん……って」

微かに引っかかりを感じて、思わず問い返す。

「つまり、家事全般っていう……意味だよね」

舞原は唇で笑った。

「まあ、それだけでもかなり稼げるよ。家政婦ってもともとけっこう高給だからね」

「……それだけでも、って……」

「それ以上の、スペシャルサービスもあるってこと」

「！　それって売……っ」

「しいっ」

唇に指を当てて塞がれる。

「人聞きの悪い。奥さんの役割の一環として、って話だよ」

「でも違法なんじゃ……」

「厳密にはね。でもそれはメニューには載ってない、スペシャルな顧客のためだけの秘密のサービスだから、表沙汰にはならないよ。それに嫌な相手なら、面接段階で断ることもできる。ま、家事つきのお見合いサービスみたいなもんだと思ってもらえればいいかも。実際結婚したカップルもいるしね。しかも相手はスペシャル会員だから、馬鹿高い会費が払える大金持ちばっかよ?」

すなわち、舞原の経営する派遣会社には、特別サービスつきのメイドを雇えるスペシャル会員と、普通の家事全般だけのメイドを雇う普通会員がいるということらしい。社員のほうも、スペシャルサービスOKのメイドと、NGのメイドがいる。どっちで登録するのも自由。

「そうなんだ……」

そういうのも出会いの一種として考えれば、そうともいえるのだろうか。

女性は進んで登録し、嫌な相手は拒否して気に入った相手のところに勤め、高給をもらう。男性は家事万能でHまでさせてくれるメイドを手に入れる。気が合えば二人が結婚することもありうる。

たしかに、誰も損をしない、考えようによってはいいシステムなのかもしれなかった。幸歩は首を傾げながらも、一応納得する。

しかしどこからどう見ても、幸歩にはまるで関係ない話だ。そんな高給のメイドを雇う金などあるわけがない。

だが、舞原は言った。

「というわけで、登録してみない?」

「え?　でも俺、そんな金なんて……」

「何言ってんの。社員、メイドとして、ってことだよ。実際稼げるし、幸ちゃんなら需要あると思うよ？」

「メイド……⁉」

幸歩は思わず声を上げてしまった。

「お、俺は男だけど……」

わかってないな、と舞原は指を振る。

「ゲイまたはバイだからメイドは男がいい、っていうのもけっこういるんだぜ？　幸ちゃん、昔から何かと男にもててたじゃん。先輩たちにファン多かったし、一柳の事件とかもさ」

事件のことを持ち出されて、今さらながら顔が強《こわ》ばる。

幸歩は勿論訴えたりはしなかったが、どこからか広まり、周囲の知るところとなっていた。このこと一つをとっても、一柳が同窓会に顔を出したくないのも道理なのだ。

「もうその話は」

「ごめんごめん」

へらへらと舞原は頭を下げた。

「——まあ、それにさ、今どき会員は男ばっかだと思う？　女の会員だっていっぱいいるんだぜ？　仕事仕事で家事にも恋にも手が回らない、可愛い男の子を可愛がってストレス解消、ついでに掃除も料理もやってもらえたら……ってね」

たしかに最近は女性の社会進出もめざましい。セレブなキャリアウーマンなら、そういう考えかたをする人もいるのかもしれない。

「一ヶ月、最低百万」

と、舞原は言った。

「百万……⁉」

幸歩は思わず鸚鵡返《おうむがえ》しにしてしまう。

今まで月給二十万程度でやりくりしてきた幸歩にとっては、夢のような金額だった。何しろ一ヶ月働いただけで、今までの給料の五倍の額が手に入るのだ。

それにそれだけ稼げれば、兄のことだって助けてやれるかもしれない。

――だめだな、俺は……。父さんや母さんみたいには絶対ならないつもりだったのにな……。

風太の声を思い出す。

「最低、百万、ね。もっと稼ぐ子もいるよ。その倍とか三倍とかね。うちは『専属』が売りだから、ひとりに希望が集中したときは競りになるからね。ほかにも、家事やHのスキルが上がれば、設定料金も高くなるし」

「スキル……」

家事はともかくHの。

それは無茶すぎる話だった。

（……だって、まだ童貞なのに）

金を取れるほどのテクニックなどあるはずはない。幸歩自身がその気になったとしても、務まるとは思えなかった。

それに、女性とセックスしてお金になるなら、若い男にとってこんないい話はないのかもしれないが、好きでもない女性と身体を重ねることには、幸歩はやはり抵抗があった。相手が男性ならなおさらのことだ。

「ま、スペシャルサービスに抵抗があるなら、普通のメイドサービスでもいいから登録だけしてみない？　うちの教育部で無料で家事の指導とかするし、料理の腕も滅茶滅茶上がること請け合い。派遣だから、合わないと思ったら短期で辞めるのもありだし、せっかく失業してんだからさ」

ずいぶんうまい話だが、そう言われると心が動いてしまう。

普通のメイドサービスだけでもそれなりに高給らしいし、料理が上手になれば、食べることが大好きな弟は大喜びするだろう。何をつくっても美味《おい》しいと言ってはくれるけど、レパートリーの少なさは、ずっと気にはなっていたのだ。

第一、失業保険が切れるまでもういくらも残ってないのに、折からの不況で新しい仕事は決まっていない。兄のこともある。三百万は無理にしても、それなりに高給が取れるようになれば、兄にもいくらか都合してやれるのではないか……。

（家事代行業か……考えたこともなかった職種だけど、案外悪くないのかも）

スペシャルサービスはともかく、掃除や洗濯、料理などは嫌いではないし、手先もまあまあ器用なほうだと思う。

「な？」

促され、幸歩は答えた。

「……じゃあ、普通のメイドで、登録だけ」

「よし、決まり」

舞原は幸歩の手をぎゅっと握り締めてくる。

「連絡入れるからさ、近日中にうちの会社に来て、書類書いてくれる？　そのときに詳しい説明もするから」

思わぬところで就職が決まってしまった。

幸歩は頷いた。


三次会がお開きになっても、一柳はまだ姿を現さなかった。

（やっぱり来ない、か……）

もともとはっきりと「欠席」の返事をもらっているのだ。期待するほうがどうかしているのだけれども。

「四次会行く人――！」

と、一部が盛り上がってはいるが、さすがにここでは帰る者のほうが多い。もうすっかり午前様だし、弟には「帰りは何時になるかわからない」と言ってはあるものの、いつもならとっくに切り上げていたことだろう。

(我ながら未練がましい)

結局、四次会に残ったのは、十人足らずだった。

適当に入った店は狭く、テーブル二つに分かれて座ることになる。

幸歩のテーブルには、高校時代それなりに親しかった白木、真名部《まなべ》、小嶋《こじま》がいた。

「ところでさ、おまえ今、つきあってる子いんの？」

同世代の男が集まれば、まあたいていの話題はこれになるようだ。合コンだの、彼女だの、結婚だのの話になっている。まだ二十五歳にもかかわらず、同窓生たちの中に既婚者が数人いたのには、幸歩もけっこう驚いたものだった。

「おまえは結婚願望なんかあるのかよ？」

「うーん。彼女は欲しいけど、結婚はまだちょっと早いかなあ」

「だよなー！」

幸歩も真名部もあまり口数が多いほうではないので、主に喋っているのは白木と小嶋だ。

「でも仕事から帰ってくると奥さんが裸エプロンで迎えてくれて、『お帰りなさい、あなた。ご飯にする？　お風呂にする？　それともわたし？』なーんて言ってくれるんなら、けっこう憧《あこが》れるかも」

うっとりと小嶋が語る。

「ばーか、そんなの漫画かドラマの中だけのことで、現実にあるわけないだろ」

「けど、田中《たなか》んとこはやってくれるって言ってたぜ。同棲して二年もたつのにラブラブなんだってよ」

「へえ」

そんな話を聞きながら、幸歩はなんとなく、さっきの話を思い出していた。

舞原の会社のスペシャルサービスは、妻がする仕事なら全部する、というものだという。

ということは、そういうサービスもするということなのだろうか。

——幸ちゃんなら需要あると思うよ

幸歩は裸エプロンの自分の姿を思い浮かべて、ありえない、と打ち消した。

（そりゃ、可愛い女の子がしてくれるっていうんなら、嬉しいかもしれないけど……）

どっちにしても、スペシャルサービスに登録するつもりなどないのだから、どうでもいいようなものなのだが。

（でも、兄さんのことは……）

金の当てがないのならしかたがないが、稼げるかもしれない口があるのにチャレンジさえしないのは、兄を見捨てるのも同じことなのではないだろうか？

「あー畜生……！」

小嶋が雄叫《おたけ》びを上げる。

「俺なんかまだ女の子とHしたことさえないってのにさあ。このまま一生できなかったらどうしよーかな——」

その瞬間、白木が酎《チュー》ハイに噎《む》せた。

「うわ、大丈夫……⁉」

「あ、ああ……」

幸歩は隅にあった未使用のおしぼりを、隣の白木に差し出した。白木はそれで口を押さえ、しばらく咳《せ》き込み続ける。よほどたくさん気管に入ってしまったのかと心配になったが、ややあって治まった。

「あーあ。俺、妖精さんになれちゃいそう」

と、小嶋は歎《なげ》く。

「妖精さん？」

「三十まで童貞を守ったら、妖精になれるんだってさ」

「それを言うなら『魔法使いになれる』じゃなかったっけ？」

「どっちにしろなりたくねーよ、三十まで童貞でいろってのかよ」

（へえ……）

有名なのかもしれないが、幸歩には初めて聞く話だった。

（妖精さん、か……）

このままで行くと、楽々なれてしまいそうだ。

（でも、もし舞原の話を受けるとしたら……いや、でもそれは）

「榊ー！　榊はどうなんだよ⁉」

「えっ」

「女の子とHしたことあるのか⁉」

なぜだかテーブルはいつのまにか、童貞告白大会の様相を呈していた。

「同級生のあいだで、嘘はなしだぜ！」

「え……え……っと」

「もしかして、年上のお姉さんに誘惑されたりして、とっくの昔に捨ててたりする？」

「そんな、まさか……っ」

「じゃあ、榊も仲間……⁉」

小嶋に問い詰められ、白木にやけに真剣な視線で無言の圧力をかけられ、真名部にはクールな中にも興味深そうに見つめられて、幸歩も告白しないわけにはいかなくなった。

「いろいろと……それどころじゃなくて」

もしも童貞じゃなかったら、スペシャルサービスに登録する気にもなれたのだろうか。

けれどもここ数年の幸歩は、両親の心中、兄は失踪。入学予定だった大学をやめて、急な就職。慣れない家事。弟の世話とすべてが重なって、恋愛だの童貞卒業だのと言っている場合ではなかったのだ。

それにしても、意外と奥手な人間もいるものだ、と幸歩は驚いた。

なんと、同じテーブルにいた四人全員が、童貞だったのだ。

高校時代からもてて、彼女だっていたはずの小嶋や白木が童貞だったことも、誰ともつきあっているという噂はなかったけれど、クールな美貌《びぼう》で女の子からは絶大な人気があった真名部までもが童貞だったことも、幸歩にはひどく意外だった。真名部の場合は特殊な事情で、特に卒業したいとも思っていないようだけれども。

「そうだ……！」

全員の童貞が発覚したところで、小嶋が言った。

「同窓会で、同じテーブルに集まった四人が全員童貞だったなんて、ちょっと運命的だと思わねーか？」

「大袈裟《おおげさ》だろ」

と、白木は混ぜ返すけれども、小嶋は聞いていない。

「だからさ、俺たちクラブをつくらねえ？」

「はは、クラブだって？」

「童貞を守るクラブか？」

と、真名部。

「まさかあ、違うに決まってんだろ！　これから四人でたまに会って、一日も早く童貞を卒業できるように、励ましあったり協力しあったりするんだよ！」

「励ますのはともかく、協力って何すんだよ？」

「んー、たとえば、合コンを設定するとかさ」

合コン、という言葉に、白木は乗り気になったようだ。

「どうよ？　月に一回くらい、みんなで会おうぜ」

「いいかもな」

と、白木は答える。幸歩も頷いた。

「楽しそうだね」

幸歩は特に合コンしたいとは思わなかったが、旧友とたまに会えるなら嬉しいと思う。真名部も同じ気持ちのようだった。

「特に童貞を卒業したいとは思いませんが、みんなで会うのは悪くないかもしれませんね」

「じゃあ決まり……！　最初は、と」

善は急げとばかりに皆の都合を調整し、小嶋は会合の日程を決めてしまう。たしかにこういうことは、じゃあ今度電話するから都合のいい日を教えて——などとやっていたら、結局流れてしまうことになりがちだ。

「じゃあ、『DT部』の発足を祝って！」

「なんだよ、その恥ずかしい名前」

「『童貞』ってはっきり言っちゃうよりはいいんじゃね？　な、榊」

「え、ええ……」

大差ないと思いながらも、榊は頷いた。

「ということで、乾杯……！」

そして四人はグラスを合わせた。

ふいに別の声が降ってきたのは、そのときだった。

「DT部って何？」

その瞬間、呼吸が止まるかと思った。

（この声……！）

心臓がばくばく鳴りはじめる。懐かしい声を、聞き違えるはずがない。それでももし間違いだったらどれほど落胆するかと思うと、振り向くのが怖かった。

それでも、恐る恐る首を後ろへ捻る。

幸歩のすぐ後ろには、高級スーツに身を包んだ、たしかに見覚えのある男が立っていた。

「一柳……！」

思わず立ち上がってしまう。

卒業以来、七年ぶりの再会だった。

本当にひさしぶりに目にする彼の姿は、雑誌で見た通りの——否、それ以上の男ぶりだった。

高校時代でさえ百九十に近かったはずなのに、あれからまた背が伸びたのではないだろうか。当時はまだ、どこかわずかに幼さを残していた整った顔立ちは、今はすっかり大人の男としてのそれになっている。眼光もさらに鋭くなって、少し怖いほどだった。それでもなぜだか、目を離せなかった。

幸歩はただ彼を見つめた。

「——おまえには関係ない部だよ」

白木のその科白で、ようやく我に返る。

「おまえが仲間だなんて、ありえないもんな」

「だろうな」

一柳はわずかに唇の端を上げた。皮肉な笑みだが、少し寂しげにも見え、幸歩ははっとする。

（今の白木の科白を、誤解したんじゃ……？）

白木はおそらく、一柳が童貞だなんてありえない、という意味で言ったに過ぎない。けれども一柳の耳には、クラスの仲間ではないという意味に聞こえたのではないだろうか。

「あの……一柳」

幸歩は説明しようとして唇を開くが、内容が内容だけに、言葉を選んでしまう。一瞬躊《ちゅう》躇《ちょ》したあいだに、真名部が言った。

「とりあえず、座ったらどうです？」

そういえば、席を勧めるのも忘れていた、と思い出す。

だが、一柳は座ろうとはしなかった。

「ちょうど仕事が終わった頃に、近くで四次会やってるって聞いたからちょっと寄ってみただけだ。すぐに帰る」

「聞いたって誰から」

「あ、俺がメールしたんだ」

幸歩が言うと、皆は奇異の目を向けてきた。それはそうだろう。彼らにとっては、幸歩と一柳は、あの事件の被害者と加害者なのだ。なのになぜ、幸歩がわざわざメールを入れてまで一柳を呼んだのか、不思議に思って当然だった。

幸歩は彼らの視線をさりげなく流し、一柳を見上げた。

「忙しいのに、邪魔してごめん」

「……いや」

「座って。せっかく来たんだから、一杯だけでも」

幸歩は近くの席から椅子を持ってきて、自分の隣に置いた。

そこまでされれば、断ることはしづらかったのだろう。彼は腰を下ろした。

今までの盛り上がりが一変して、テーブルは微妙な空気に包まれる。それでも無闇《むやみ》に一柳を恐れたりするタイプの人間がいなかったのは、不幸中の幸いだっただろうか。


閉店とともに、四次会はお開きになった。

すっかり酔っぱらった旧友たちは、店の前で散々別れを惜しみ、同方向同士でタクシーに乗りあわせて帰っていく。

（終わったな……）

幹事として、滞りなく同窓会を終えられたことに、快い充足感を覚える。それも、最後だけとはいえ、一柳が来てくれたからかもしれなかった。

一柳は皆と別れを惜しむこともなく、一足先に歩き出している。幸歩は皆に挨拶《あいさつ》だけ終えると、彼のあとを追った。

「一柳……！」

声をかけると、驚いたように振り向く。

「忙しいのに、今日は来てくれてありがとう」

「いや……、遅くなって悪かったな」

「来てくれただけで十分。こっちこそ……何度もメールしてごめん。鬱陶《うっとう》しかったよね」

「いや……そんなことは」

こうして彼と並んで歩いていると、卒業式の日の記憶が蘇《よみがえ》る。

帰り道、彼を捜して、追いかけて、追いついて。偶然を装って、さりげなく隣に並んで歩いた。

――卒業したら留学することになってるんだ。かける機会はないと思うから、悪いけど携帯番号を受け取ってもらえず、教えてももらえなくて、それ以上強くねだることはできなかった。

思い出すと、口を聞くのが怖くなる。本当は、帰ってきたのなら、また会いたいと言いたいのに。

（……いっそ彼が童貞だったらよかったのに）

と、ありえないことを考える。もしそうだったら、「DT部」の会合にだって誘えた。だが、在校中から他校の派手な女子との交際をずいぶん噂されていた男だ。今だって、あんなマンションに住んで雑誌にまで載るような男を、女性が放っておくわけがない。

(恋人くらいいるに決まってる)

今日再会した同級生たちには、結婚や同棲《どうせい》をしている者も何人かいた。

一柳の近況はほとんど聞けないままだったけれども、マンションで奥さんが待っていても不思議はないのだ。

――ご飯にする？　お風呂にする？　それとも――

「あの……さっきのDT部のことなんだけど」

頭に浮かびかけた映像を振り切るように、幸歩は口にした。

「一柳を仲間外れにしようとしたとかじゃないんだ。……あんまり名誉なことじゃないんで、みんな秘密にしたがってたんだと思う」

もし一柳が童貞だったなら、むしろ引きずり込もうとしたはずだ。

「ああ？」

「……DTっていうのは、その……童貞ってことで……、みんなで集まって、早く卒業できるように頑張ろうって、そういう部なんだ。ね、一柳には関係ないだろ？」

幸歩の言葉に、一柳は唖然《あぜん》とした顔で口を開ける。ここまで驚かれるとは思わなくて、気恥ずかしくなるほどだった。

(それにしても……一柳のこんな表情、初めて見る)

めずらしくて、なんだかどきどきする。

やがて一柳は呆然《ぼうぜん》としたまま呟いた。

「……童貞って都市伝説かと思ってた」

「都市伝説……⁉」

「本当にいるんだな」

まじまじと、観察するように見つめられ、頬が熱くなる。幸歩は唇を尖《とが》らせた。

「……そこまで驚かなくてもいいと思う」

「悪い悪い。——でもやめとけよ、童貞なんて焦って捨てることないって。一度捨てたら二度と戻れるもんじゃねーんだからさ」

「それはそうだけど……」

(やっぱり、一柳は違うんだ)

一柳は女性を知っている。当然なのに、少しだけ肩が落ちる。

彼ともっと話をしたかった。

なのに、これ以上何を話したらいいかわからなかった。

いや、本当に話したいのは、あの事件のことだ。

(今夜話さなかったら、次にいつチャンスがあるか)

もしかしたら、もう一生ないかもしれない。

他人が言うように、一柳が自分を強姦しようとしたなどとはとても思えない。だけど彼は否定しなかった。なぜなのか聞きたかった。そして信じていることを伝えたかった。それに、もし事実そうだったのなら、それでもよかったような気さえするのに。

「……あの」

幸歩が唇を開くより一瞬早く、ふいに一柳が言った。

「……おまえ、家どこ？」

「あ……俺は……」

有名なレジデンスの住人に告げるには、少し気後れを覚えないでもないアパートの場所を告げる。

「電車あるのか？」

「ううん。でももう少ししたら始発が動くはずだから……」

家まではかなり距離があるし、正直なところタクシー料金を払うのは辛かった。それよりは、始発を待ったほうがましだ。

「一柳は、この近くだよね？」

「ああ」

「このあたりで、それまで時間潰《つぶ》せそうなファミレスか何か知らない？」

「いや……」

ふと思いついて聞いてみるけれども、おそらくそんなところに行く機会はないのだろう。

一柳は少し考えたが、思いつかなかったようだった。

「でも、よかったら送……」

送ろうか、と言ってくれようとしたのだろうか。その言葉が、途中で止まる。

もし送ってくれたら嬉しい。車代が助かるとか早く家に帰れるとかいう話ではなくて、少しでも長く一緒にいられるからだ。

だが、彼は口を噤《つぐ》んだ。幸歩から視線を逸らし、道路を眺める。車を探してくれているのがわかる。

（せっかく会えたのに、もう終わってしまう）

まだ一緒にいたいのに、幸歩は引きとめる術《すべ》を持たなかった。

「……また同窓会ひらいたら、来てくれる？」

そう問いかけると、彼は苦笑した。

「俺が行くと空気悪くなるだろ」

「そんなことない……！　今日だって、みんな普通に話してたし……！」

幸歩の言葉を受け流し、一柳は近くを通りかかったタクシーを停《と》めた。開いたドアに、幸

歩を押し込める。

「一柳……！」

「俺に関《かか》わらないほうがいいことは、思い知ってるだろ？」

「……！　あのときのことは……！」

一柳が幸歩を襲ったわけではないと信じている。そう言いかける幸歩を遮るように、一柳は運転手に万札を手渡した。

「これで」

「ちょっ、そんなの困る……！」

「出して」

ドアが閉まる。幸歩は思わず内側から叩いたが、運転手はスポンサーの言葉に従い、容赦なく発車してしまう。

「一柳……！」

叫んだ声は聞こえなかっただろう。

（せっかく会えたのに）

見送ってくれる彼の姿はあっというまに小さくなり、すぐに見えなくなってしまった。

幸歩の瞳《ひとみ》にじわりと涙が滲《にじ》んだ。

一柳に会えて嬉しかった。

でも、もっと一緒にいたかった。

ちゃんと話をして、また会えるように……何か約束を交わしたりしたかった。そんなふうに何度も会って、自分がどうしたいのかはよくわからないけれども。

(でもせっかく来てくれたのに)

幸歩は、チャンスを生かせなかった自分が情けなくてたまらなかった。

4

舞原から連絡があり、彼の会社へ行ったのは、それから数日後のことだった。

立派なビルの中にあるオフィスで書類に記入し、メイドとして派遣社員の登録を済ませる。

一応、友人ということで、舞原が直接担当してくれた。

「これで完了、と。家事教育のプログラムには今日から参加ってことでいいかな」

「はい。よろしくお願いいたしします」

幸歩は社員として、敬語で答える。

「で、さあ、やっぱほんとにスペシャルサービスに登録する気はない？」

と、舞原は聞いてきた。

幸歩は登録するともしないとも、答えることができなかった。迷っていた。

昨日、また兄から電話があった。

——今月中に三百万ないと、本気でやばいんだ。生命保険かけられてるし、殺されるかもしれない

(もし本当にそんなことになったら)

答え倦《あぐ》ねる幸歩に、舞原は軽く言った。

「ま、いいや。気が変わったらいつでも言ってね」

その日から、幸歩は専門的な家事の研修のために、女性たちに混じって同じビル内にある教室へ通った。

料理、掃除、洗濯。アイロンがけに繕い物。もともとひと通りできたとはいえ、ちょっとしたコツを覚えると、見違えるようにできばえが違ってきて面白い。そしてずいぶん時間も短縮できることがわかった。

とはいえ、最初からスペシャリストになれるはずもない。

メイドたちはS級からA、B、C級まで分けられている。それぞれのクラスと、スペシャルサービスOKかどうかによって、給料が変わるらしい。

幸歩は勿論、C級からのスタートだったが、それでも提示された給料は、元の会社のものよりはずっとよかった。

兄のことさえなければ、これでもまずまずの余裕が持てたのに、と思う。

二週間の研修期間を終えると、実習として、先輩たちについて客先へ行ったりもするようになった。

幸歩が再び社長室へと呼び出されたのは、いよいよ月末が迫ってきて、覚悟を決めるしかないかも……と思いはじめた頃のことだった。

社長室のあるフロアにはふだん用がないし、あちこち飛び回っている舞原は毎日出社しているわけでもないらしく、登録した日以来、彼の顔を見たのはこれが二度目だった。

「――話っていうのはさ」

窓の外にビルの群れが見える部屋で椅子を勧められ、ソファに腰を下ろすと、舞原はすぐに話を切り出した。

「やっぱ、スペシャルサービスやってみないかと思って」

「え……」

どきりと心臓が音を立てた。まるで計ったようなタイミングだった。

「抵抗あるよな。わかるよ。幸ちゃん童貞だもんな」

「！　な、なんでそれを……！」

見るからにそう見えるのだろうか。彼に話したことはないはずだが、と思えば、

「須田に話してるの、小耳に挟んじゃったんだよ。ＤＴ部のこと」

「ああ……」

軽く額を押さえる。

四次会で何をそんなに盛り上がっていたのかと須田に聞かれ、ほかへ漏らさないようにと口止めしたうえで、ＤＴ部の話をしたのだ。

　こちらのテーブルのことを須田がずいぶん気にしていたから、つい同情して喋ってしまったのだったが、それを舞原に聞かれていたなんて。

「しかも処女だろ？　あの事件は未遂だったもんな」

「……っ」

　その言葉に、幸歩はさらに胸を抉《えぐ》られる。舞原が、高校時代の体育倉庫での事件のことを言ったのだと、すぐにわかった。

「初めてのHを知らない人とするなんて、嫌で当然だよな。わかるよ。——でもさ、知ってる人だったら？」

「え……？」

　舞原はにやりと唇で笑った。

「一柳が、うちのスペシャル会員になったんだ」

「ええ!?」

　思いも寄らない言葉だった。幸歩は目を見開いた。

「このあいだの同窓会で携帯番号教えてもらったからさ、電話して勧誘したら、登録してくれたんだ」

　幸歩には教えてくれなかった番号を、舞原には教えたのか、ということと、一柳がセックスありのメイドサービスの会員になったのかということとが、頭の中で渦を巻く。

（お金で女の人を買うんだ……）

もてる男だから、本来ならそんな必要はないだろう。それでも登録したのは、後腐れのない相手が欲しかったからだろうか。それとも、ただの娼婦《しょうふ》というより、「妻」の役割を果たしてくれる相手が欲しかったから？

衝撃で、声が出ない。

「これがその登録用紙なんだけどね」

舞原は机をがさがさと漁《あさ》っていたかと思うと、ファイルを取り出した。そしてあるページを開いて読み上げる。

「一柳司《つかさ》、二十五歳、ウィロークリエイト代表取締役社長。奴の父親の組と繋がった、実質フロント企業とも噂されてるな。ま、それだけに金回りは抜群だけど。——最も重点を置く項目、掃除。希望する条件、特になし。希望する性別、男女どちらでも」

「どちらでも……!?」

「そう。高校の頃からあんなだったからさ、てっきり女好きなのかと思ってたけど、バイだったみたいだな」

「バイ……」

男女どちらでもいけるということか。幸歩は呆然と呟いた。

「幸ちゃん、どう？　行ってみない？」

「え……⁉」

幸歩は再び声を上げてしまった。

自分が、一柳の許にメイドとして派遣される？　しかもただの家事代行ではない。スペシャルサービス——すなわち、セックスの相手をするのだ。

今まで想像したこともなかった提案に、驚きすぎて頭が働かない。

（一柳と……）

ずっと会いたいと思っていた。友達として交流を深めたいとも思っていた。

（けど、セックスするなんて）

以前あんな事件があったとはいえ、一柳が本当に自分を襲おうとしたなどとは、幸歩は思っていない。あれは何かの間違いだ。ずっとそう信じてきたし、一柳とそういうことをするなんて、まったく考えたこともなかった。

けれども兄を救うために誰かの許へ派遣されなければならないとしたら、たしかに知らない人よりはいいのかもしれない。

（……っていうか、嫌じゃない、みたいな……？）

経験がないだけに、想像が追いつかない。けれども一柳と肌を合わせることをぼんやりと思い浮かべても、ひどく恥ずかしいばかりで嫌悪感はわいてこなかった。自分で自分が不思議なくらいだ。

同時に、風太のせっぱ詰まった声が耳に蘇ってきた。

――もし金の都合がつきそうになったら電話して。俺が生きてるうちに。なーんちゃって
……

兄が言った「今月中」の期限の迫ったこの時期に舞原に声をかけられたのは、運命なのではないだろうか。

（それに……）

卒業式の、そして同窓会のときの一柳の態度を思い出せば、きっとこんなことでもない限り、もう二度と彼は幸歩に会ってはくれないだろう。タクシー代を返したくて何度も電話したのに、一度も出てさえくれないくらいなのだ。

だが、彼は幸歩でもいいと言うだろうか？

「あの……」

「うん？」

「一柳……さんは、私が派遣されるってご存じなんですか？」

「いや。話してない。幸ちゃんのOKもらってからって思ってたし」

「……たしか面接があるんですよね」

「普通はね。でも一柳とは同級生なんだし、面接しなくても決められるだろ？　それに、あいつは面接しなくていいって言ってたし。派遣するメイドは誰でもかまわないから、ってね。

だからあいつの場合は拒否権ねーの」

「え……」

誰でもいい？

その言葉もまた、幸歩には衝撃だった。

彼が金で相手を買うというだけでも信じられなかったのに、セックスできれば誰でもいいみたいな、そういう男だったのだろうか？

高校時代の噂の多さを考えれば、不思議がるようなことでもないのかもしれないけれども。

だが、誰でもいいなら、幸歩でもいいということだ。

「どうする？」

と、舞原は返事を促してきた。


月曜日。

初めて訪れる有名なレジデンスの集合玄関は、ホテルのフロントのような広いロビーになっていた。

インターフォンで名のり、ロックを外してもらって、一柳の住むフロアまで上がる。エレベーターは、鍵《かぎ》を持っているか、住人から操作してもらうかしなければ動かない仕組みになっているようだった。

ダークブラウンの分厚そうな扉の前に着き、幸歩は薄いコートを脱いでもう一度名のった。

「おはようございます。マイメイドサービスです」

「はい、どうぞ……」

扉が開いた。

玄関に立っていたのは、寝間着姿の一柳だった。

（ああ……こんな姿、初めて見る）

彼の傍で働くということは、こういう姿も見られるということなのだ。そう思うと、なんだか胸が弾む。

起きたばかりなのだろう、彼は乱れた髪を掻《か》き上げ、まだ眠そうに瞼を瞬《しばた》かせていた。

そして幸歩の姿を認めて、瞳を見開いた。

「さ……榊……!?」

彼は声を上げた。モニターに姿が映っていたはずだとは思うのだが、この寝起きのようすでは、ちゃんと見ていなかったのだろう。

「どうしたんだ、こんなところに朝っぱらから——」

「初めまして、ご主人様。マイメイドサービスの、榊幸歩です。今日から三ヶ月、よろしくお願いいたします」

会社で用意してくれた名刺を渡し、幸歩は頭を下げた。

ご主人様、と呼ぶのは、マイメイドサービスの決まりだった。自然、言葉遣いも仕事用のものになる。

一柳は、名刺と幸歩の顔を見比べて、まだ呆然としていた。

「入ってもよろしいですか？」

「え、あ、」

「失礼します」

最初に一応「どうぞ」と言われているし——幸歩は一柳の戸惑いにつけ込むように、扉を閉めて、室内へ入った。

複雑な面持ちのままだったが、一柳は幸歩を玄関からリビングへと通してくれる。

その広さと、一面硝子《ガラス》張りになっていて都内を見渡せるすばらしい景色に、幸歩は目を見張った。

（凄い……）

けれども同時に驚いたのは、その散らかりようだった。散乱する新聞や書類、そしてコンビニのビニール袋。脱ぎ散らかした服の山。広いだけに床が見えないなどということはないが、少なくともこれではソファに座るのは不可能だろう。

彼のふだんの衣食住にかまわない生活が、垣間見《かいまみ》られるようだった。

立ちつくす幸歩の視界を、一柳が遮る。

「い……いつもはこんなんじゃないんだからな……！　今日はたまたま散らかってるだけで、いつもはちゃんと」

慌てる一柳というめずらしいものを見て、幸歩はくすりと笑ってしまった。微笑ましい——と言ったら、彼は怒るだろうか。

女性に不自由しているわけでもないだろう男が、メイドサービスなどを頼む気になった発端は、この部屋をどうにかしたいという気持ちだったのかもしれない。

だが、驚いている場合ではない。今日からしっかり働かなくてはならない。

「大丈夫です。このために私が来たんですから」

と、幸歩は言った。

「元同級生に私生活を見られるのは不愉快かもしれませんが、今の私は榊幸歩ではなく、ご主人様のメイドです。仕事上知り得たことをほかへ漏らすことはいたしませんし、なんでもご命令に従います。割り切って使っていただけると嬉しいです。——ご朝食はお済みですか？」

「え、いや」

「ではすぐにご用意いたしますね。台所は——あ、あちらですか？」

「ちょ、ちょっ――」

キッチンへ向かおうとした幸歩の前に、一柳が回り込んできた。

「はい、ご主人様」

「どうしておまえが来るんだよ……!?」

「マイメイドサービスで働いているからです。同窓会の少し前に失業して、困っていたところを社長の舞原に拾ってもらいました」

「失業……!?」

「はい。まだCクラスでいろいろ行き届かないかもしれませんが、頑張りますので、なんでもお申しつけください」

「――……」

一柳は絶句している。戸惑うだろうとは思っていたけれども、思った以上の反応だった。

彼にチェンジの権利はない、と舞原は言ったけれども、本当に受け入れてもらえるものかどうか、ひどく不安になる。

(断らないで。お願いだから)

祈るような気持ちで、幸歩は彼の言葉を待つ。

(わかったとか、こちらこそよろしく、とか)

なんでもいいから。

だが、彼はなかなか唇を開こうとはしなかった。

長い沈黙の末、

(……やっぱり、俺じゃ嫌なんだ……)

幸歩はその現実を認めないわけにはいかなかった。

「あの」

声が震えそうになるのを必死で抑えながら、幸歩は言った。

「……もし、私ではお嫌なら、おっしゃってください」

この事態は、一柳にとって非常にイレギュラーなものだ。いくら最初に「誰でもいい」と言ったとはいえ、まさか幸歩が来るなどとは思いも寄らなかっただろう。あんな大金を払って嫌いな相手を雇うことになるのだとしたら、彼が気の毒すぎた。

また一柳に拒否されるのかと思うと、胸が締めつけられるように痛かった。

彼に拒絶されるのは、これで何度目になるだろう。懲りない自分が、自分でもよくわからなかった。

そして断られるのは精神的に辛いだけでなく、物理的にも辛いことだった。

「……そうしたら、また職を失うことになるんじゃないのか……?」

ようやく喋ってくれた一柳の問いかけに、幸歩は答えられなかった。

実際には幸歩には、失業する権利もないのかもしれないのだ。

一柳のところに派遣されることが決まったときに、給料の前借りをしてしまったからだ。その金は、すでに兄に渡した。返済するには、スペシャルサービスに派遣されるしかない。一柳に断られれば、ほかの誰かのところへ行かなければならない。けれども、一柳に我慢させるのはもっと辛かった。

(こうして会えただけでもよかったし……)

顔を見て話ができて、彼の生活も垣間見ることができた。

(他の人に替えて欲しいと言われたら、おとなしく引き下がろう)

苦しい覚悟を決めて、幸歩は一柳の唇が動くのを見守った。

「――おまえは」

と、一柳は言った。声が少しだけ掠《かす》れている。

「おまえは、嫌じゃないのか?」

「はい」

「……俺が、怖くないのか?」

ああいうことがあった相手なのに――と、暗に問いかけてくる。

一柳は、幸歩が彼を怖がっていると思っているのだろうか。同窓会の日、自分の車で送ってくれなかったのも、もしかしたらそのせいだったのか。

それはたしかに、ある意味では当たっていた。

正直、怖い、という気持ちは、いつも感じていたような気がするのだ。彼自身にも、彼に拒絶されることにもだ。

でも、それ以上に近づきたい気持ちが勝ってしまう。

「はい」

幸歩は自分が滑稽《こっけい》で、少しだけ唇に笑みを浮かべた。

また沈黙が降りる。今度は、先に口を開いたのは一柳のほうだった。

「……この部屋を見て引かないのか？　言っておくが、ほかはもっと凄い」

「仕事ですから」

一柳は、深く吐息をついた。

「――だったら、俺のほうはかまわない」

「え……」

ほとんど諦めかけていただけに、幸歩は耳を疑った。

「家政婦が誰であろうと、仕事さえきっちりこなしてくれればな」

その言葉に、ぱっと目の前が明るくなったような気がした。

「ありがとうございます……！」

幸歩は深々と頭を下げた。

（よかった……）

これで、ここで働ける。一柳の傍で。——いや、借金を返済できることを真っ先に喜ぶべきなのか。

涙ぐみそうになる幸歩から、どこか照れたように目を逸らしながら、一柳は言った。

「ところでその、ご主人様っていうのは……」

「決まりなんです。マイメイドサービスの。ほかにご希望の呼びかたがあれば、そのように呼ばせていただきます」

「……っていうか、……その、敬語も？」

「はい。同級生であってもけじめはつけるようにと社長に言われています」

「けじめ、か……」

一柳は呟いた。

「そのほうがいいのかもしれないな」

「はい」

少し寂しいような気持ちになりながら、幸歩は頷いた。

そしてできるだけ迅速に頭を切り換えようとする。出社前の貴重な時間を、自分のためにずいぶん費やしてしまった。

「じゃあ、早速朝ご飯にしますね。和食と洋食、どっちがいいですか？」

「え、……じゃあ、和食で」

「かしこまりました。——あ、すみません、その前に」

「ん？」

「あの、仕事用の服に着替えたいんですけど、お手洗いかどこかをお借りしてもよろしいでしょうか」

「ああ、だったらその部屋、使ってねえから。控え室にでもして好きなように使ってかまわない。——けど、開けて驚くなよ？」

「はい」

（使ってない部屋なんてあるんだ……）

と、幸歩は思う。

さすが広いだけのことはある。幸歩が弟と住んでいるアパートなんて、空き部屋どころかちょっとした隙間《すきま》さえ残っていないくらいなのに。

一柳はついでに、室内の説明をしてくれた。

「奥のドアが俺の書斎、隣が寝室。こっちのドアがバストイレ。こっちは収納で、掃除機やなんかはここにある」

「お掃除のために、ご主人様のお部屋に入ってもかまいませんか？」

「——ああ。ただ机の中と書棚には手をつけないこと」

「かしこまりました」

その後、一柳はバスルームへ消え、幸歩は空き部屋に荷物を置きに行く。

扉を開けて、また一瞬固まった。室内には、おそらく不要なものや当座使わないものなのだろう、古い電化製品やゴミなどが適当に放り込まれ、そのうえ新聞が雪崩《なだれ》を打っていた。

(と——ともかく、あとで片づけよう)

幸歩はとりあえず目を瞑《つぶ》って、舞原から渡された服に着替えた。

鏡がないので、これできちんと着られているのかどうか、自信がないけれども。

(……こんな感じかな)

白いエプロンをして、後ろで紐《ひも》を蝶結《ちょうむす》びにする。

そして持参した材料を抱え、台所へ行けば、流しにはコーヒーカップがいくつも放置してあった。

なくなるまで使いつくしてから洗う——というか、洗っているのだろうか。

しかし今洗っていたら間に合わない。

幸歩は先に朝食をつくりはじめた。

広いリビングに隣接した対面式のダイニングキッチンは、スタイリッシュすぎてバーのカウンターのようだった。そしてコーヒーカップが放置してあるにもかかわらず、まるで使ったことがないみたいに綺麗《きれい》だ。

実際、流し台に置かれたコーヒーメーカーや、電子レンジ以外は使っていないのかもしれない。冷蔵庫の中にもほとんど物はなく、会社の決まり通りとはいえ、食材を持参してきてよかった、と思う。

しかし食材はないが、調理器具だけは一応揃《そろ》っていたのにはほっとした。越してきた頃には、多少は自分で料理をする気があったということなのだろうか。

時間短縮のため、鍋《なべ》で小量だけ米を炊《た》く。

シジミの味噌汁《みそしる》にだし巻き玉子、焼き魚は骨をきれいに取っておく。ほうれん草の胡麻《ごま》あえ、フルーツの盛りあわせ。

そのあいだ、ずっとシャワーの音が微かに聞こえていた。それが止まると、ドライヤーをかける音、電気シェーバーの音。そんな音が、なんだかひどく心地《ここち》好《よ》い。

（……呆然としてたな、一柳）

でも、受け入れてくれてよかった、としみじみと思う。

たぶん、一柳は幸歩の境遇に同情して、見捨てることができなかったのだろう。そういうやさしいところのある男だった。そんな彼の思いやりに応《こた》えるためにも、できる限り家事を頑張って、快適に過ごせるようにしてあげたい。

朝食をつくり終え、テーブルに並べていると、一柳がＬＤＫの奥のドアから顔を出した。

先刻の寝起き姿とは打って変わって、寝間着のかわりにワイシャツとスーツのズボンを身につけている。髪も整っているし、顔もすっきりして、別人のよう——というより、こちらのほうが、幸歩の見慣れた姿だ。

「ちょうど今、朝ご飯ができたところです。お座りください」

幸歩は椅子を引いて促した。

けれども、一柳はドアの傍に立ちつくしたままだ。

「――？　どうかなさっ……」

言いかけて、はっと気づく。幸歩は自分の姿を見下ろした。

纏っているのは、マイメイドサービスの制服である、メイド服なのだった。

初日はとりあえずこれを着て、ご主人様の好みがあればそれに合わせたものに替えていく、というシステムなのだと聞いていた。

社員の大多数が女性だからこそこういう衣装なのだろうし、喜ぶ客も多いのだろう。だが、男にこれはまずいのではないか――と、幸歩自身も思ってはいたのだ。けれども社長である舞原に、

――規則だからね。そこは月収百万の仕事のうちだと思って割り切ってもらわないと。

と言われると、従わざるをえなかった。

白いレースの襟のついた黒いワンピースに、肩口と裾《すそ》がひらひらしたフリルに飾られた白いエプロン。後ろで結んだリボンは長く垂れ、ウエスト部分には紐で編み上げまで入った、とても可愛らしいデザインだ。そして膝《ひざ》が見える程度のスカートから覗く脚には、黒いスト

ッキング。

絶句したままの一柳の視線が、呆然とその脚を上下する。

男のまっすぐな脚に、たしかにスカートは似合わないだろう。割り切っていたつもりだったのに、幸歩は急に恥ずかしくなってきた。

「……社長に、制服だからって言われたんですけど……、やっぱり気持ち悪いですよね？ 元の服に着替えてきます……っ」

「あ、いや……！」

踵《きびす》を返そうとする幸歩を、一柳が止めた。

「別に制服なら、それでいいんだ」

「……そうですか？　でも」

一柳は目を逸らしがちだ。本当はやっぱり視界に入ると不愉快なのではないだろうか。

だが彼は、

「いいと言ったらいいから！」

と、言ってくれる。

「……ありがとうございます。……あの、明日からはお好みのものを着ますので、よかったらおっしゃってください」

と、幸歩は聞いてみるけれども。

「いや、別に服なんて……、普段着とか動きやすそうなものでいいし、その制服でも、俺は全然ありだと」

嫌がっているのか、いないのか、よくわからなかった。

服を替えるとすれば、主人の希望なら会社から基本的には支給してもらえるが、場合によっては購入になることもあるらしい。一柳がこれでもいいと言ってくれるなら、とてもたすかる。

とりあえず、幸歩はこのまま過ごすことにした。

一柳はようやくテーブルにつく。

「これ全部、今のあいだにつくったのか？」

並べられた朝食を見て、彼は言った。

「はい」

「凄《すげ》えな」

「そんなことありません」

実は「手早く」というのは、幸歩にとってはさほど大変ではない。もともと弟と二人分の朝食と弁当を、戦争のような朝の短時間でつくってきたのだ。むしろゆったりしたキッチンで一人分つくればいい今朝《けさ》のほうが、楽でさえあった。

ちなみに弟には、今日から当分、前日につくり置きだけしておくので、自分で温めて食べるように言ってある。ここに朝七時半に着くためには、そうしなければ間に合わないからだ。

「お口に合えばいいんですが」

「おまえは?」

「食べてきましたから」

というか、電車の中でゼリー飲料を飲んできた。

「いただきます」

味噌汁から手をつけ、美味《うま》い、と一柳は言ってくれた。そのあとも、何度も。

(口数の多い人じゃないのに)

「本当に美味いよ。こういうの、ひさしぶりに食った気がする」

幸歩はその言葉が飛び上がるほど嬉しかった。

ちょうど一柳が食べ終わった頃、掛け時計が九時を打った。

その音ではっと気づいたように、一柳は立ち上がった。

幸歩は椅子の背にかけてあった上着を、彼よりいち早く取り上げ、着せかける。

「ネクタイはどれになさいますか?」

「そのへんのを適当に」

「――……」

リビングのソファには何着ものスーツが脱ぎ捨ててあり、ネクタイも一緒に散らばっている。これもなんとかしたいところだが、今の時点ではしかたがなかった。

こんな状態でも外ではあんなにりゅうとして見えるのだから、不思議なものだと思う。

（……実際、格好いいし）

幸歩はその中から手近にあったものを一本抜いて一柳の首にかけ、きゅっと締めて整えた。

「何かご夕食のリクエストはありますか？」

「いや、特には」

「好き嫌いは？」

「特には」

つくる側にとっては、最も困った答えだ。

「何時頃、お帰りになりますか？」

と聞けば、わからない、と来た。

「時間までに俺が戻らないときは、帰ってくれてかまわないから」

そう言い残して、一柳は出社した。

「行ってらっしゃいませ」

と、幸歩は彼を送り出す。

――いってらっしゃいのチューとか求められても、逃げんなよ？

と舞原には言い含められていたけれども、そんなことも起こらなかった。決してされたかったわけではないのに、拍子抜けしたような気分になる。

(夕ご飯どうしようかな)

考えながらキッチンへ戻り、幸歩は後片づけをはじめた。

食洗機など以前は見たこともなかったが、舞原の教室で使いかたは習った。放置されていたコーヒーカップの渋は簡単には落ちないだろうから、漂白剤にしばらくつけておく。

朝食の片づけが終わったら、夕食の買い物に出る時間まで、掃除だ。

(とりあえず、ゴミからかな……)

ゴミは分類さえすれば、マンション内の集積所にいつでも出せるから便利だ。

幸歩はコンビニのビニール袋を集め、中のものを出して、燃えるゴミ、燃えないゴミ、リサイクルに出すプラスティック、壜《びん》などに分類した。リサイクル用のものは、勿論洗わなくてはならない。有機ゴミがほぼないのは不幸中の幸いだったが、その作業には思ったよりずっと時間がかかった。

LDKのゴミをおおむね捨ててしまった頃には、午後の遅い時間になっていた。

だが、せめて彼が戻るまでに、リビングだけでも綺麗にしておきたい。帰ってきたとき、一柳にくつろいだ気分になって欲しかった。

幸歩はまず、散らばったスーツを拾い集めた。

(あ……?)

そのとき、何かがころころとラグの上に転がり落ちた。屈《かが》んで手を伸ばし、拾ってみれば、ダイヤのピアスだった。

(綺麗……だけど)

一柳のものとは思えない。

片方だけのピアスは、おそらく女性が落としていったものなのだろう。この部屋を訪れるような相手といえば、彼の恋人かもしれない。

そう思った途端、弾んでいた心がずんと沈んだ気がした。

(どうして……? 恋人ぐらい、いて当たり前じゃないか)

あれほど格好よくて、地位も金もある男なのだ。女性が放っておくわけがない。当然すぎる話で、落ち込む理由などないはずだった。

渦を巻くような黒い感情を、見ぬふりで抑え込み、幸歩は立ち上がった。

集めた服を持って、初めて一柳の寝室へ入る。

その中央には、大きなベッドがでんと据えてあった。捲《めく》れたままの布団に、紺色のシーツ。ここに彼が寝ているのかと思うと、なんだか直視できない。

(それに……もしかしたらさっきのピアスの彼女も)

再びわき起こる思いに、幸歩は強く首を振った。

仕事なんだから、ご主人様のプライベートをあれこれ考えるべきではない。それに第一、そんな時間などないのだ。

ベッドのリネン類を交換したかったたが、替えのシーツなどの場所がわからず、後日に回す。

とりあえず、幸歩はベッドメイクだけを済ませた。カバーを戻せばゼブラ模様で、その派手さにちょっと引く。

そしてリビングから持ってきたスーツを片づけようと、造りつけのクローゼットを開けると、中は滅茶苦茶だった。

(なんでハンガーがあるのに、服が下段のバーに全部引っかけてあるのか……!)

乗りきらずに落ちているものもある。

ともかく、埃《ほこり》を払ってスーツを吊《つ》るし、下段のバーに団子になっていた衣類をほぐした。

汚れ物は洗濯に回すことにし、抱えて洗面所へ行けば、洗濯物がすでに山盛りになっていた。

洗濯機の中にも、その上にも、脱衣所にもだ。

(この量は……)

洗うのが面倒で、足りなくなったら次々と新しいものを買い足していたのではないかという気もする。

こんなふうに、ひとつ何か動かすと次が邪魔をする感じで、掃除はいっこうに捗《はかど》らなかった。洗濯機を何度か回しながら掃除機をかけたが、そろそろ夕食の買い物に行かなければ間に合わない。

(何時になるかわからないって言ってたけど、早く帰ってくるかもしれないし)

料理が終わってから、余裕があったらまた掃除に戻ろう。

そう思い、幸歩はいったん着替えて買い物に出た。


食事の支度を終え、あとは盛りつければいいところまで来ると、さすがにくたくたになっていた。

少しだけ休憩しようと、ダイニングの椅子に腰を下ろす。考えてみると、朝に家を出て以来、座ったのはこれが初めてだった。

吐息をついて、テーブルに突っ伏す。

(……一柳が帰ってきたら)

お帰りなさい、と玄関で出迎える。鞄《かばん》を受け取り、上着を脱がせて片づけ、食事を温め直して給仕する。

そして食事が終わったらスペシャルサービスとしての、もうひとつのお務めがある。

(……ちゃんとできるかな……?)

——大丈夫。最初はご主人様の言う通りに、したいようにしてもらえばいいだけだからと、舞原は言っていたけれども。

風呂に入っておくべきだろうか。昨日の夜にはちゃんと隅々まで洗ってきたつもりだけれど、今日は今日で汗もかいたし。でもそのあいだに彼が帰ってきたら？　それに、なんだかはしたないような気もする。

――仕事から帰ってくると奥さんが裸エプロンで迎えてくれて、『お帰りなさい、あなた。ご飯にする？　お風呂にする？　それともわたし？』なーんて言ってくれるんなら、けっこう憧れるかも
同窓会で小嶋が言っていた、結婚についての言葉が耳に蘇る。

（そういうことも言ってみるべきなんだろうか……。でも、男が言っても）

気持ち悪がられるだけだろう。

（もし言ったら……？）

ひどく戸惑う一柳の姿が脳裏に浮かび、幸歩は可笑《おか》しくなった。

「……榊？」

そのときふいに降ってきた声に、幸歩ははっと覚醒《かくせい》した。

顔を上げれば一柳が傍に立っていて、ようやく自分がいつのまにか眠ってしまっていたことに気づく。

「す、すみません……！」

幸歩は飛び起きた。

「寝てしまって……十一時⁉」

時計を見上げて愕然《がくぜん》とした。玄関まで出迎えるどころの話ではない。いったい何時間眠っていたのだろう。八時頃まではたしかに起きていた記憶があるから、三時間ほどといったところか。疲れていたとはいえ、初日からこれではひどすぎる。

「本当に申し訳ありません……っ」

深く頭を下げる。

「いや、別にいいから。ずいぶん綺麗になってるし……頑張って片づけてくれたんだろ？」

「あ……まだ中途半端ですけど。なかなか捗らなくてすみません」

「何言ってんだよ」

一柳は微かに笑った。

「ありがとうな」

その言葉がじんと心に響く。彼が仕事を認めてくれたのが嬉しかった。

「座ってください。すぐ夕食用意しますね……！」

幸歩は対面キッチンの向こうへ回った。

「そんなに慌てなくても……っていうか、規定の時間は過ぎてるし、帰ってもいいんだぜ？」

「そんな……！　そういうわけにはいきません……！」

規定時間内に連絡なく主人が帰ってこないときは帰宅してもいい——という契約にはなっているが、初日から眠り込んでしまったうえにこのまま帰るなど、とてもできなかった。

一柳はダイニングテーブルの椅子に腰を下ろした。

保温しておいたご飯や、温め直したすまし汁、魚の煮物などを盛りつけて、テーブルに載せる。

「おまえのぶんは？」

「え、私は……」

「余ってるんなら、一緒に食べないか」

「でも……」

その途端、無情にも幸歩の腹がぐうと音を立てた。かああっと頬に血が昇る。

「こ、これは……！」

幸歩は慌てて胃を押さえ、言い訳しようとしたけれども、一柳は笑い出した。

（……一柳）

笑顔さえあまり見たことがなかったのに、彼が声を立ててまで笑うのは、凄くめずらしいことだった。雰囲気がぐっとやわらかくなり、幸歩は自分の鼓動が速くなるのを感じる。

「半分ずつ食べよう。俺は六時頃軽く腹に入れてるし」

と、一柳は言った。

たしかに、十一時まで何も食べずにいたとは考えにくい話だった。量が多すぎるのも辛いかもしれない。

「スペシャルサービスでは、妻のすることはなんでも代行するのが売りなんだろ?」

「え、ええ」

今のは、一緒に食べようと誘ってくれただけだ。それはわかっているのに、このあとに控えている行為を思い出して、ついどぎまぎしてしまう。

「……じゃあ、お言葉に甘えて、ご相伴にあずからせていただきます」

うつむいて赤くなった顔を隠し、幸歩は答えた。

もともと料理は多めにつくってあったので、それなりに二人で分けられるだけの量があった。

テーブルに向かいあって座る。たいして会話があるわけでもないが、ただ一緒に食事をするだけでも、なんだか心が弾んだ。

一柳は今日も美味しいと言ってくれて、天にも昇る気持ちになる。

「部屋、汚くてびっくりしただろ」

「少し」

幸歩は小さく笑った。

「つい適当に放り投げちまうんだ。それで舞原から話を持ちかけられたとき、メイドを頼む気になったんだが……。まさかおまえが来るとは思わなくて、本当に驚いた」

「すみません……」

「別にそう言う意味じゃなくて」

「でも散らかってるのはともかく、外食とコンビニばかりでは身体によくないです。たいしたものはつくれませんが、何かリクエストがあったらおっしゃってくださいね。頑張りますから」

と、幸歩は言った。

そして好物をいくつか聞き出すことに成功する。

(魚より肉。好き嫌いはあまりないけど、納豆は食べられない、オクラやとろろもだめ……)

ぬるぬるしたものが苦手らしい。それも意外で、可笑しくなる。

(あと、セロリがだめ、ピーマンがだめ)

「子供みたい」

つい笑ってしまうが、実際には笑い事ではなかった。聞いた感じでは、どうも一柳はずいぶん偏った食生活を送っているようだ。外食とコンビニ弁当が多いのでは当たり前だが、そもそもそれ以上に、栄養管理をしようという意識がないのだ。基本的に嫌いなものは視界に入っておらず、好きなものしか食べていない。にもかかわらず、好き嫌いが多いという自覚はない。

だからリクエストを聞けば「なんでもいい」となるが、実際にはおそらくなんでも食べられるわけではない……。

（これは工夫が必要かもしれないな）

と、心にメモをする。

「あ……そういえば」

ふと思い出し、幸歩はエプロンのポケットに手を入れた。

「これ」

取り出したのは、昼間のピアスだ。

「居間で拾ったんですけど……」

「ああ？」

一柳は受け取って一瞥《いちべつ》した。

「なんだこれ」

「どなたか、女性のかたが落とされたんだと思いますけど……、たぶんおつきあいされてるかたのものですよね。落とし主はおわかりになると思うので、お返しになってください」

よけいなことを言っている、と思う。黙って一柳に渡せば、彼が勝手に持ち主に返すだろうに。

わかっているのに、口にせずにはいられなかった。

「……どこで紛れ込んだんだろうな」

だが、一柳は首を傾げた。

「誰のかわかんねえ。少なくとも最近のじゃねーし……、だから返すって言ってもな……」

「でも」

「この部屋に、女連れ込めると思うか？」

改めてそう聞かれてみると、たしかにちょっと厳しい気はする。

「え……じゃあ」

今は恋人はいないということなのだろうか。たしかに、もしそういう相手がいたら、少しくらいはこの部屋を片づけてくれていてもいいような気はする。……まあ、家には連れてきていないというだけのことなのかもしれないが。

それでも、幸歩は少しだけほっとした。

（どうして？）

なぜそんな気持ちになるのか、自分でもよくわからなかった。

食事が終わると、後片づけをした。とはいえ、ざっと流したら食洗機に入れるだけだから、すぐだ。

（これが終わったら……）

夜のお務めが待っている。

覚悟を決めてきたつもりだが、やはり怖かった。

（でも、一柳ならひどいことはしないと思うし……）

きっとやさしくしてくれる。いや、そうでなくても、仕事だから勿論どんなことにも耐えるし、どんなことでもするつもりだった。

「終わったか？」

そんなことを考えながら台拭《だいふ》きで流し台の上を拭いていると、ふいに声をかけられ、幸歩は飛び上がりそうになってしまった。

「えっ、ええ」

「ほどほどでいいからな。終わったら、家まで送ってやるから」

「え……っ？」

幸歩は耳を疑った。

（家まで送るって……）

じゃあ、今夜は？

（今夜のお務めは……？）

一柳は続ける。

「ただ送るだけだから、心配するなよ？　何もしないから……って言っても信じられないかもしれないが……」

（何も、しない……？）

一柳は、幸歩に何もしないまま、家へ帰そうとしているのか。

幸歩はその言葉に、愕然と立ちつくした。

一柳が、そんな幸歩を怪訝《けげん》そうな顔で覗き込んできた。

「終わったんなら、着替えてこいよ。……榊？」

「あ、はい……！」

幸歩はできるだけ平静を装い、控え室に飛び込んだ。

一柳は、ただのメイドではなく、スペシャルサービス可能なメイドを希望していたはずだった。料金は、普通のメイドの数倍にもなる。それだけの高額を支払ったのは、当然夜の相手をさせるためだ。

（なのに、何もしないなんて）

なぜ——などと問うまでもなく、その理由はわかりきっていた。

相手が幸歩だったからだ。

幸歩の立場に同情し、可哀想《かわいそう》に思ってチェンジまではしなかっただけで、夜の相手としては対象外だったのだ。

(……俺じゃだめなんだ)

幸歩自身、一柳が相手なら耐えられると思っただけで、決して抱かれたいとまで思っていたわけではなかったはずだった。友達になりたいとはずっと思っていたけれど、それ以上のことを希《のぞ》んでいたつもりはなかった。

なのになぜ、こんなにもショックを受けているのだろう。むしろ何もしないで大金を得られる、幸運だと思えばいいはず。

でも、とてもそんなふうには思えなかった。

(……期待、してたんだ、……俺)

一柳に、ふれてもらうこと。

幸歩は自覚しないわけにはいかなかった。

(一柳のことが、好きだったんだ)

友達になりたいとずっと思っていた——つもりだった。でも本当は、違った。一柳がほかの級友と仲良くなるのが面白くなかった。

文化祭の準備をしていた放課後、彼に助けてもらってから——いや、本当は、初めて同じクラスになったそのときからずっと、気になっていたのかもしれない。

彼が登校すれば、なんとなく意識せずにはいられなかった。視界の端に、つい捉《とら》えようとしていたことを覚えていた。

周囲から遠巻きにされる彼のことが少し怖かったけれど、でも怖いだけじゃなかった。

あれはたぶん、惹《ひ》かれていたことの裏返しだ。彼が持つ幸歩にはない強さに惹きつけられていた。

ピアスを見つけたときあんなにも動揺したのは、嫉妬《しっと》だったのだと今ならわかる。どんなに邪険にされてもあれほど追い回しておいて、自覚がなかったのが不思議なくらいだった。

だが、自分の気持ちに気がついたからといって、どうなるわけでもない。

据《す》え膳《ぜん》にさえ手をつけてもらえないのだ。それほどまでに、幸歩は一柳にとって対象外だったのだ。

「……大丈夫か?」

送ってもらう車の中で、つい涙ぐみそうになってうつむく幸歩に、一柳は問いかけてくる。

「具合でも悪いのか?」

「……いいえ。……平気ですから」

その返事に、幸歩の顔色を疲れから来るものと判断したのだろう。彼は車のスピードを上げてくれる。

そんなやさしさが、今は恨めしかった。

5

その後も、幸歩は一柳の許へメイドとして通い続けた。

秋が過ぎ、冬になっても、一柳が幸歩に夜の務めを要求してくることはなかったが、手を出してこないのなら、それで納得するほかはなかった。

（……無理にしてもらうわけにはいかないし）

大金を無駄に払わせていることに対しては、申し訳なさを感じずにはいられないが、幸歩には辞めるわけにはいかない事情がある。それに自分が辞めれば、ほかの誰かがかわりに一柳の許へ派遣されるだろう。その「誰か」を彼が抱くのかと思ったら、自分から「交替します」とはとても言い出せなかった。

（……三ヶ月）

どうせ期限のあることなのだ。せめてそのあいだだけでも、彼の傍にいたかった。

一柳が起きる前に合い鍵で部屋へ入り、朝食をつくって、彼を起こす。そして彼がシャワーを浴びているあいだに配膳まで済ませ、一緒に食べる。

彼を送り出し、後片づけを終えると、掃除や洗濯にかかる。

水回りの水垢《みずあか》やカビなどを丁寧に落としながら、よくぞここまでたどり着いたものだと思う。こんな細かいところまで手が回るようになったのは、リビングや一柳の寝室などが、おおむね片づいたからこそなのだ。

契約期間も三分の一を過ぎたが、このぶんなら満了までにはすっかり家中をぴかぴかにしてしまえるだろう。とはいえ、こまめにやっていなければ、すぐにまた汚れてしまうのが掃除というものなのだったが。

（夜のお務めがないぶん、せめてほかのところはきちんとしなきゃ）

と思う。

掃除機も、出勤した日はすべての部屋にかけていた。

寝室へ足を踏み入れるのには、なかなか慣れることができない。特に一柳のベッドのシーツやカバーを替えるときは、今でもとてもどきどきする。むしろ気持ちを白覚してからのほうがひどくなっているかもしれない。――ここに彼が寝ているのだと思うと。

一柳の好物もだいぶ覚えたし、彼もリクエストを言ってくれるようになってきた。「このあいだの牛肉のやつ」などという抽象的な言葉に悩むこともしばしばだが。以前つくったものを再度要求されるというのは、前のものが美味しかった証拠のように思えた。つくったものを一柳が美味しそうに食べてくれるのが、幸歩はたまらなく嬉しかった。

「お帰りなさいませ、ご主人様」

インターフォンが鳴ると、モニターを確認してドアを開ける。宅配は宅配ボックスがあるし、一柳以外は誰が来ても絶対に開けるな、と言われていた。彼は当然鍵を持っているはずだが、幸歩に気を使ってか、それとも面倒なのか、毎回鳴らしてくれていた。

「いい匂《にお》いだな」

「今夜はビーフシチューにしてみたんです」

「そうか」

言葉は少ないが、彼の頬に微かに笑みが浮かぶ。それを見るとしあわせになる。性的な対象には見てもらえなくても、傍にいられるだけでいいと思える。

一柳のスーツの上着を脱がせ、埃を払って吊るし、ネクタイも一緒に片づける。彼が部屋着に着替えるあいだに、テーブルをセッティングする。一緒に食べるように言われているので、二人分だ。

「いただきます」

彼が美味しいと言ってくれると、天にも昇る気持ちになれた。

そして食事と後片づけが終わると、幸歩の仕事は終わりだ。一応着替える前に、

「ほかにご用はございませんか?」

と聞くことにはしていたが、スペシャルサービスを申しつけられたことはなかった。

今夜も同じようにしようとして、ふと躊躇う。いつもならリビングで新聞を読んでいることが多い一柳が、ソファに長くなっていたからだ。

（……そういえば、さっきなんだか顔色が悪かったかも……）

帰ってきたときのことを思い出すと、少し心配になる。

「あの……、お加減でも……？」

問いかけてみるが、答えはない。幸歩はそっと彼の額に手をふれてみる。一柳がびくりと閉じていた瞼を開けた。

「あ、すみません……！」

「いや……ちょっと驚いただけだ。……おまえの手、冷たくて気持ちがいいな」

「水を使ってましたから」

「おかげで生き返った」

と、一柳は口許に微かな笑みを浮かべた。

「あの……大丈夫ですか……？」

「ああ。……ちょっと、実家でいろいろあって疲れてるだけだから」

そういえば、一柳の父親が入院し、跡目争いが勃発するかもしれないという記事を、幸歩も電車の吊り広告で目にしていた。

（お父さんが早く治って、一柳が巻き込まれないといいけど……）

と、幸歩は思わずにはいられない。だがそれ以上、突っ込んで聞くことは憚られた。

「気にしないで帰っていい」

そう言われても、気になってしまう。

(熱はないみたいだけど……)

「でも、こんなところで寝たら風邪をひきます。お風呂は朝にして、早めにお休みになったほうが」

「ああ。そうする。おまえも気をつけて帰れよ」

はい、失礼します——と答えようとして、幸歩はできなかった。このまま幸歩が帰ったら、彼はこのまま寝てしまう。きっと。

そう思うと、やはりどうしても気になった。

幸歩は一度リビングを離れ、湯を張った洗面器とタオルを持って戻ってきた。

「お身体を拭かせていただきます」

「え……⁉」

かなり驚いたらしく、目をまるくする一柳のシャツのボタンに手をかける。

「ちょっ、……そんなこと、しなくていいから……！」

「ご主人様の健康を気遣うのも、仕事のうちですから」

慌てて身を起こし、幸歩の手を遮ろうとする一柳を、幸歩は押しきった。——本当は出すぎた真似だとわかっているけれども。

「さっぱりしたら、パジャマに着替えてベッドに入ってくださいね。寝かしつけるまでは帰りませんから」

一柳は再び目をまるくし、軽く噴き出す。

「なんか実の親より母さんみたいだな」

彼の苦笑を後目《しりめ》に、幸歩は顔の火照りを隠すために深くうつむいたまま、シャツを脱がせてしまう。

絞ったタオルで彼の背中を拭きながら、ひどくどきどきした。

(……広くて綺麗)

幸歩自身とはまるで違うガタイのよさには、憧れずにはいられなかった。

(母さんみたい、か……)

その言葉は嬉しいけれども、こんな気持ちになることは、親なら絶対ありえなかっただろうに、と幸歩は思った。

「幸、ここで働いてんの?」

家へ帰ると、めずらしく弟の翔が、ダイニングキッチンで幸歩を待っていた。翔は上の兄と区別をするためか、幸歩のことは名前で呼んでいる。

テーブルの上には、どこから見つけたのか、マイメイドサービスでつくってもらった幸歩の名刺があった。

「ああ……、うん」

翔には派遣会社に登録したことは話したけれども、具体的な業務内容や会社名などは教えていなかった。

「男なのに、メイド？」

「メイドっていっても会社の名前がそうなだけで、要は家事代行サービスのことなんだ。家主の留守のあいだに掃除をしたり、食事をつくったり……」

「それはそうだろうけどさ、なんでそんな仕事はじめたんだよ？」

「なんでって……給料がいいから、かな」

兄の借金のことは、翔には言っていない。もう片づいたことだし、心配させるよりは黙っていたほうがいいだろうと思ったのだ。

だから翔が、なぜ幸歩が普通の会社に就職しなかったのか、不思議に思うのも無理はなかった。

「青葉の同級生がやってて、同窓会で勧誘されたんだ。ずっとじゃなくていいから、しばらくのあいだだけでもやってみないかって。給料もいいし、家事は好きだから、悪くないと思って。拘束時間が長いから、翔には不自由させるけど」

以前は食事の用意は当番制だったけれども、今は幸歩は休日以外、一柳の許で三食食べている。そのため翔には、すべての食事を自分で賄ってもらっている状態だった。そのことには申し訳なさを覚えてはいた。

「それは……もう子供じゃないんだから大丈夫だけどさ」

と言いつつ、翔は不満顔だ。ひと通りのことは自分でできるとはいえ、寂しい思いをさせているのかもしれないと思う。

「……ごめん」

「そういうことじゃなくてさ」

苛立《いらだ》ったように、翔は言った。

「ネットで検索してみたら、マイメイドサービスって、悪い噂があるんだよね」

「悪い噂？」

「いかがわしいサービスもあるってさ。さすがに表向きには存在しないことになってるけど、掲示板なんかでは、やらせてくれるメイドを派遣してもらったっていう書き込みなんかもあるし」

ぎくりと心臓が音を立てる。スペシャルサービスのことだった。けれども弟の前でそれを認めるわけにはいかない。

「……へえ、そんな噂があるんだ？」

と、幸歩は言った。

「知らないの？」

「うん。まあもしあったとしても、俺は女の子じゃないし、関係ないけど」

「そうだけど、幸歩、可愛いから」

「何を馬鹿な」

幸歩は失笑した。そして少しだけ切なくなる。もし本当に可愛いのなら、とうに一柳に手を出されていただろうに。

「じゃあ、幸歩はやってないんだね？」

「当たり前だろう。普通に家事をやってるだけだよ」

実際、スペシャルサービスに登録してはいるものの、一柳に抱かれているわけではない。嘘をついているわけではない。

「……ならいいけど」

一応は翔も納得してくれたようだ。それでもさらに念を押してくる。

「もし勧誘されても、絶対するなよ！　それ売春だからな！」

幸歩は苦笑した。

どうせ一柳には相手にされていない。する機会など、あるはずもなかった。

（あ……？）

一柳の寝室でボックスシーツを剝いだとき、幸歩はふと、ヘッドボードとマットの隙間に何かが挟まっているのに気がついた。一柳のワイシャツだった。

よく今まで気づかなかったものだ。

なぜこんなところに――と思わないでもないけれども、ふだんからなんでも適当に脱ぎ捨ててしまう一柳のことだから、不思議はないのかもしれない。

（しょうのない人）

と、苦笑しながら引っ張り出す。

そして幸歩は眉を寄せた。その胸許に、口紅の跡が残っていたからだ。

（これは……）

満員電車で誰かにぶつかられた、などと想像することもできる。けれども車通勤の彼が電車に乗ることなど、あるのだろうか。

（……もしかして、一柳の恋人の）

ここへ入ってきて、じゃれあいながら互いに服を脱がせあう二人の姿が瞼に浮かび、幸歩は無意識に強く首を振った。

彼は最近は女性を連れてきてはいないと言っていたけれども、ダイヤのピアスだけでなく、痕跡を見つけたことは何度かあった。

(昔はいろいろあったのかもしれない)

あれだけの男だ。恋人がいたって当然だった。今は幸歩に気を使ってくれているのか、家へ連れてくるようなことはないけれども、そのぶん外では逢《あ》っているのかもしれない。

(……そんなのわかってる)

今日は折しもクリスマスイブだ。――もしかしたら、今夜だって。

シーツもベッドカバーもすべてすっかり替えてしまって、掃除機も念入りにかけ終わると、モデルルームのように綺麗になった寝室をあとにする。

そしてシャツを持って洗面所へ飛び込み、夢中で染み抜きをはじめた。ベンジンと歯ブラシを使う、舞原の教室で習った方法だ。ようやく口紅の跡が見えなくなると、普通に洗濯してランドリールームに干す。

ちょうどそこまで終えた頃、インターフォンが鳴った。

幸歩ははっとした。

時計を見上げれば、六時を過ぎている。モニターで確認すると、玄関の前に立っていたのは、一柳だった。

（夕ご飯、つくってない……！）

帰らないかもしれないとは思いながらも、特に夕飯はいらないとは言われていなかった。だからむしろ、少し凝ったものをつくる予定さえ立てていたのに。

それほどまでに、幸歩は染み抜きに没頭していたのだった。

ふだんならまだ彼が帰ってくるような時間ではないとはいえ、こんな失態は初めてだ。ともかく飛び出していって玄関を開ける。

「お……お帰りなさい……！」

「ただいま。——どうかしたのか？」

「すみませんっ」

幸歩は正直に頭を下げた。

「実はまだ夕ご飯の支度ができてなくて……っ。先にお風呂入っててもらえたら、そのあいだに何かつくりますから……っ」

「ああ、今日早かったもんな」

一柳は、それだけが原因だと思っているようだった。少しも怒ってはいない。

「じゃあ、どっか食べにでも行くか？」

と、彼は言った。

「え、そういうわけには……」

「この近所、食えるとこいっぱいあるし、たまにはいいだろ」

「でも……っ、あの、簡単なものならすぐに」

イブなのに、いつもよりかえって手抜きになってしまうのは申し訳ないけれども——それとも彼が空腹で、今すぐ何か口に入れたいと思っているのなら、外食してきてもらうほうがむしろ親切なのだろうか。

「——……じゃあ、食べてらしてください。本当にすみませ——」

「何言ってんだよ。こんな日にひとりで行かせるつもりか？」

言われてみれば、たしかにクリスマスイブに男がひとりで外食、というのは、けっこう辛い状況かもしれない。

男二人とどっちがましかと言われれば、微妙なところだとは思うのだけれど。

「『奥さんのすることはなんでも』だろ？　それに、いつも美味いもん食わせてくれるから、お礼っていうかな」

「そ、そんな……っ、仕事ですから……！」

慌てる幸歩に、彼は微かに笑って言った。

「支度してこいよ。ご主人様の命令だ」

一柳が連れていってくれたのは、敷地内にあるタワーの展望レストランだった。

高級そうな店で、出勤したときのラフな服に着替えてくるしかなかった幸歩は気後れを感じるほどだった。

夜景が綺麗な窓際の席に案内される。

なんだかデートみたいだ、と幸歩は思った。ふわふわと地に足がつかない。

「こういうところ、凄くひさしぶりです」

両親が亡くなる前は、子供だったからごくたまにだが、連れてきてもらったことがあった。

クリスマスカラーにライトアップされた東京タワーを見ながら、ワインで乾杯すると、一柳は言った。

「俺、高校卒業してからずっと海外にいて」

「ええ」

「高校の奴らとも交流なかったからな。最近まで全然知らなかったんだ、おまえのご両親のこと。……なんの力にもなれなくて。知ってたら何かできることがあったかもしれなかったのに」

「そんなこと。そう思ってくれるだけで十分」

気にしていてくれたことが嬉しい。やっぱり、どんな空気を纏いつかせていたとしても、本当はやさしい人なのだ、と思う。

幸歩は、しんみりとした雰囲気をはね飛ばそうとした。

「ご主人様は？　いつもデートとかで来られるんですか？」

そんな話題を持ち出してしまったのは、昼間の口紅のことがまだ頭に残っていたからだったのかもしれない。

「……そうだな、たまには」

「そうですか……」

少しだけ呼吸が苦しくなる。

「——今も、つきあってるかたがいらっしゃるんでしょう？　イブに俺なんかで、なんだか申し訳ないな」

「何言ってるんだ」

一柳の声がわずかに大きくなった気がして、幸歩は目を瞬かせる。

「あ、いや……」

一柳は何か照れたように目を逸らした。

「決まった相手なんかいねえから」

「そうなんですか……？」

幸歩は思わず、ほっと息を吐いてしまった。

(ばか)

彼に今恋人がいないからといって、自分がなれるわけでもないのに。

なのに、彼がいつもここにどんな女性と来ているのか、彼女たちとどんなつきあいをしているのか、気になる。幸歩がしたことのないようなことを、どんなふうにしているのか。

「……女性って、どんな感じですか……?」

酔いも手伝って、幸歩はつい口にしていた。

「どんな感じって?」

「……したことないので」

「そういや童貞だったんだよな」

「そんなこと、大きな声で言わないでください」

一柳は笑った。

「そうだな……悪くはねえよ。やわらかいし、あたたかいし」

「……そうですか」

幸歩はワインを煽る。

「いつも手近にある抱き枕《まくら》みたいなもんかな」

「抱き枕……」

しかもいつも手近にあるのか。DT部のみんなが聞いたらどう思うことだろう。

「本当にもてるんですね」

「そういうのとは違うんじゃねーかな」

「……初めての相手は、どんな人だったんですか？」

ずっと気になっていたことを、つい聞いてしまった。一柳がやや引いているのが感じられたけれども、今さら取り消すこともできなかった。それに、凄く知りたかった。このタイミングを逃したら、もう絶対聞けない。

「……参考までに」

「年上の女」

「年上……どんな？」

「忘れた、そんな昔のこと」

「そんな昔って」

「中学上がったくらい？」

「ええ……!?」

思わず声を上げると、一柳は失笑した。

「親には放っとかれたから、かわりに家に出入りしてた女たちに抱いてもらってたようなもんだったんだ」

初めて一柳の口から直接聞く、彼の家庭の話だった。

(いろんな噂はあったけど……)

寂しい人なのかもしれないと思う。

(少しでも癒《いや》してあげられたらいいのに)

けれども相手にもされていない身では、役に立つこともできない。

「——たいてい誰でもそんなふうに手を出されてるもんかと思ってたけど、意外にそうでもないんだな」

一柳はからかうような目で、幸歩を見た。いつもと違う——というか、高校時代、あの事件の前にはよく見た表情に、小さく鼓動が跳ねる。彼も少し酔っているのかもしれないと思う。

「おまえ、なんで童貞守ってんの？」

「ま……守ってるわけじゃ……。もてないだけです」

幸歩が唇を尖らせると、一柳は笑った。

「好きな人、いねえの？」

それを彼が聞くのかと思う。

「……いるけど、俺のことなんか眼中になくて」

「見る目ないな」

おまえが言うな、という言葉が、喉《のど》まで出かかる。幸歩はそれをなんとか呑み込んだ。一柳は微笑う。

「こんなに可愛いのに」

「か……」

(……可愛いって……!)

胸がどきどきして、頬がかっと熱くなる。酔いが一気に回ったような気がした。そんな言葉が彼の口から出るなんて、信じられなかった。

一柳はからかうように笑っているけれども、その表情は包み込むような——それでいてどこかせつないようにも見えた。

(どうして?)

どういう意味で言ったのか、聞きたくて、聞けない。たぶん深い意味はないのかもしれない。

「——デザートのシフォンアラカルトをお持ちしました」

ギャルソンが声をかけてきた。

食事を終え、レストランのあるビルからレジデンス棟まで歩いて帰る。

クリスマスのきらきらしたイルミネーションがとても綺麗で、なんだかますますふわふわといい気分だった。

「ああ、美味しかった」

と、幸歩は上機嫌で言った。

「そうか?」

「ええ」

「俺には榊の料理のほうが美味いけどな」

ありえないとは思うが、彼がそう言ってくれるのが嬉しかった。本当のところ、幸歩はそれほど料理が上手なわけではないのに。

「もっと上手い女の人、たくさんいたでしょうに」

「いねーよ。おまえのが一番」

この言葉を、絶対忘れない。約束の三ヶ月が過ぎて、たとえもう会えなくなっても、一生覚えていようと幸歩は思う。

「……そういえば、ご主人様はいないんですか? 好きな人」

先刻の問いを、逆に聞いてみる。恋人はいないのだから、好きな人もいないということなのかもしれない。一柳にアプローチされて、断れる女性がいるとは思えない。

だが彼は、

「いるけど」

その答えに、幸歩は冷水を浴びせられたような気持ちになる。必死で取り繕い、引きつった笑みを浮かべた。

「……どうしてつきあわないんですか……？　ご主人様なら、どんな相手でもＯＫしてくれるでしょうに」

「見てるだけでいいんだ」

と、一柳は言った。

「しかも、ほかに好きな人がいるらしい」

その言葉に少しだけほっとする。だとしたら、その彼女と一柳がつきあう可能性は低いのかもしれない。

「見る目ないですね」

先刻の科白をそのまま返す。

「ほんとにな」

一柳は答え、足を止めて見下ろしてくる。その表情が、可愛いと言ってくれたときの顔と被《かぶ》る。

「ご主人様……？」

背中に腕を回されたかと思うと、軽く引き寄せられる。一柳に力を込めたつもりはなくても、幸歩にすれば身体が浮き上がるような感じさえした。

鼓動が高鳴る。

（……嘘）

そしてそう思った瞬間、彼の唇が重なってきた。

（なんだったんだろう、あれは）

ふと気がつけば、幸歩はあのキスのことを考えている。

本当に起こったことなのかどうか、信じられないくらいだった。勿論、幸歩にとって、あれが初めてのキスだった。

一柳はなぜあんなことをしたのかと思う。聞きたくて、聞けないままだった。

女性を抱き枕のように思っている男のこと、ただの気まぐれだった可能性が一番高いのではないだろうか。あれ以降も、まるで何事もなかったように日々が過ぎていくのが、その証拠のように思える。

それを聞くのが怖かった。

じわじわと、契約期限の終わる日が近づいてくる。

やがて年が明けた頃、ＤＴ部の会合が行われた。前の二回は昨年のうちに特に滞りもなく終わり、今日は三回目になる。

幸歩はぼうっと考え込んでいて電車を乗り過ごし、めずらしく遅刻してしまった。

門松の飾られた待ちあわせの居酒屋に駆け込み、店員に案内されて個室の襖《ふすま》を開けると、ほかの三人の視線が一斉に集まってきた。

（な、何この雰囲気）

ただ遅刻を責めているという感じでもない瞳に気後れしつつも、幸歩は口を開いた。

「お……遅れてごめ」

皆まで言わないうちに、小嶋がおしぼりをマイクがわりに囃《はや》し立てた。

「今日の主役、榊くんの登場です……！」

「え……⁉」

幸歩はひどく戸惑った。

「主役っていったい……」

「見ちゃったんだよねー、俺がじゃないけど、白木が」

「見たって何を」

ちょうど突き出しを持ってきた店員に、酎ハイを注文する。

「ともかく座れよ」

と、白木にズボンを引っ張られ、幸歩は座布団に腰を下ろした。皆を見回し、話を促す。

白木は吐息をついた。

「そんなに明るく話すような話でもないと思うんだけどな」

「まったくです」

と、真名部が小嶋を睨《にら》み、小嶋は耳を垂れた。

「で、あの……見たって何を？」

幸歩が問えば、ようやく白木が重い口を開いた。

「……クリスマスイブの夜、六本木で食事した帰りにさ、偶然見ちまったんだ。おまえがキスしてるっていうか、されてんの」

一瞬で、全身が真っ赤になった。

(見られてたなんて)

そんな偶然、思いもしなかった。

「相手が男だったのは、まあともかく……俺も人のことは言えないし」

白木はやや照れたように頭を掻く。紆余曲折の末、白木が須田とつきあうようになったのは、つい最近のことだ。

「でもあれ、一柳だろ？」

見られていたのに、嘘をついても仕方がない。幸歩は頷いた。

「つきあってんのか？」

「そういうわけじゃ……」

「じゃあなんであんな、……ってゆーか、そもそも交流あったのかよ？」

あんな事件があったのに、という含みを、暗に感じる。

「もしかして何かで脅されたりして、無理につきあわされてるんじゃないでしょうね？　だったら」

「まさか……！」

割って入る真名部の言葉を、幸歩は慌てて否定する。

「実は今、一柳の家でメイドをやってて」

「メイド⁉」

三人の声が被った。何かますます誤解を招いてしまった空気が伝わってきて、幸歩は慌てて首を振った。

「違う、そういうんじゃなくて、仕事で……！　この前の同窓会で、舞原に勧誘されたんだ。家事代行業の人材派遣会社を経営してるから、バイトのつもりで登録してみないかって。それで今、一柳のところに派遣されてるんだ」

真名部が眉を寄せる。

「あの男の会社は、人材派遣といってもまともな会社じゃないでしょう」

「まともな会社じゃないって？」

「……つまり……、ただの家事代行じゃなく、女性を派遣するようなタイプの」

「ええ⁉」

白木と小嶋が声を上げる。

「榊、まさか」

「まさか……！」

幸歩は慌てて否定した。

「家政婦さんみたいなことをするだけで、そういうサービスはやってないから……！」

スペシャルサービスに登録してはいるものの、実際に行為はしていないのだから、嘘ではない。弟に話したときと同じ言い訳を、幸歩は自分にした。

「本当にまた襲われたりしてないのか？」

「してないよ、本当に」

白木は吐息をついた。

「それにしても危なすぎだろうよ……ああいうことがあった相手のところに派遣されるなんて……。舞原も何考えてんのか」

「あの事件は……っ」

幸歩は思わず白木を遮った。

「……何かの誤解だって、俺は信じてるから」

三人は顔を見あわせる。

「……って言ってもな……本人認めてただろ」

それを言われると、返す言葉がなかった。

うつむくばかりの幸歩に、白木は吐息をついて話を戻した。

「それで……つきあってないんなら、なんでキスなんか？」

答えは、幸歩にもわからなかった。

（それがわかれば……）

こんなにも悩んではいない。

幸歩は首を振った。

「わかんねーのかよ？」

頷く。

「わからないなら、聞いてみなかったんですか？」

「……なんだか聞けなくて……。なんか、何事もなかったみたいな感じだから……」

「遊ばれてんじゃねーの？」

「そんなこと……っ、一柳はそういう人じゃ」

「何言ってんだよ。あいつが高校時代、どんだけ女関係派手だったか、おまえだって聞いてるだろうが」

たしかに、そういう噂は幸歩の耳にも入ってきていた。それに今だって、マンションのあちこちに、女性の痕跡を見つけることがある。

――いつも手近にある抱き枕みたいなもんかな

「なんつーか、榊はあいつに夢見すぎてんだよ。そりゃ雑誌に載ったりして、見た目は格好いいかもしれないけどさ」

と、白木は言った。

「榊の事件以外にも、他校ともめたり、いろいろトラブル起こしてただろ。卒業してから外国行ってたのも、どっかの不良グループを半殺しにしたせいで、さすがにまずいってことで親が追い出したとかいう話だぜ」

「――でも、……俺にはずっとやさしかったし……っ、悪い人なんかじゃ」

一柳を悪く言われるのがたまらなくて、幸歩は遮った。泣いてしまいそうになって声が詰まる。

同じ男同士でも、須田と白木はDT部の皆からも祝福されていた。だけど自分たちはされないのかと思うとせつなかった。それ以前に、つきあっているわけでもなんでもないのだけれど。

「……ごめん、言いすぎた」

と、白木は言った。

「ただ、おまえのことが心配だっただけなんだ……」

「……うん。こっちこそ、ごめん」

「だけど、気をつけたほうがいいのはたしかですよ」

真名部が口を挟む。

「一柳自身はともかく、彼の親の組は、最近いろいろ焦臭《きなくさ》いようですから」

「うん、ありがとう」

幸歩は頷いた。

6

「何かあったんですか？」

一柳がマイメイドサービスに登録し、幸歩が彼のマンションへ通ってくるようになってから、二ヶ月ほどが過ぎたある日のことだった。

出社して、エレベーターで一緒になった部下の倉林《くらばやし》から、ふいにそう指摘された。

平静を装いながらも、ぎくりと心臓が跳ねる。

「……なんのことだ」

「白を切ってもわかりますよ。この頃、やけに楽しそうかと思ったら、年末あたりから妙に落ち込んでるし、でも不機嫌というわけでもない……」

一柳は思わず、聡《さと》い部下を睨んだ。だが、一柳以上に強面な年上の男は、怯《ひる》むようすもない。

倉林は、一柳の幼なじみでもある。彼の父親は早く亡くなったが、一柳の父親の組の組員だった。その関係で長いつきあいがあり、一柳が会社を立ち上げてからは、部下として有能さを発揮してくれていた。

「恋でも?」

「まさか……!」

一柳は、思わず反射的に声を荒げてしまう。言わずもがなな反応だった。倉林は失笑する。

「昔から本命にだけは手を出せないタイプかと思ってましたが、もしかして……」

「だから別になんでもねえって! 組のほうがいろいろうるさいから、鬱陶しいだけだ」

それでも彼は、無駄と知りつつごまかそうとする。倉林はそれ以上深追いせずに、ごまかしに乗ってくれた。

「相変わらず、兄上様が騒いでいらっしゃるようで」

「ああ……」

異母兄は、父が病床に伏して以来、跡目を継ごうと必死になっている。その一番の邪魔者が一柳なのだ。

(俺は別にそれでかまわねえのに)

もともとは外腹の子だ。やくざ家業も好きではないので組員にもならなかったし、なかなか完全に繋がりは断てないとはいえ、別の仕事に就いている。

一柳自身はまったく跡目に欲はないのだが、異母兄の目にはどうしてもそうは見えないようだった。気の強い兄嫁に尻を叩かれているせいもあって、次第に一柳への風当たりも強くなってきている。

（……あ）

一柳はふいに思い出す。

（あのダイヤのピアス、もしかしたら義姉《ねえ》さんのかも）

一度兄嫁がマンションに乗り込んできたのを、無理矢理追い返したことがあるのだ。だいぶ暴れられたから、あのときに外れて落ちた可能性は高いかもしれない。

当時のことを思い出して、一柳は軽く吐息をついた。

携帯の着信音が響いたのは、ちょうどそのときだった。

エレベーターを降りたところで倉林と別れ、一柳は電話の相手を確認する。表示されていたのは、それまでなんの音沙汰もなかった舞原の名前だった。

『よっ、一柳、楽しくやってる？』

「舞原……！　おまえ、……っ」

思わず怒鳴りつけてしまいそうになり、一柳は廊下から社長室へと場所を移した。

「おまえなあ、なんで榊が来るんだよ……⁉」

『あれ？　不満だった？』

「ふま……」

言葉が詰まる。不満、というのとは違うのだ。

幸歩はよく働いてくれているし、メイドとしては完璧だった。家の中は見違えるように綺麗になったし、料理も上手く、美味しくて栄養のバランスも考えたものをつくってくれる。不満だなどと言ったらばちが当たる。——いや、そもそも何もしてくれなくても、幸歩を見ているだけで、一柳はしあわせになれた。

ずっと幸歩のことが好きだったからだ。

初めて会ったときから可愛くて目を惹かれたけれども、話をするようになったら、もう止まらなかった。あんなふうに同級生から素直に接してもらったのは、初めてだったと言ってもいい。

幸歩にやさしい笑顔を向けられただけで、天にも昇る気持ちになれた。周囲から避けられていた一柳のことが、きっと幸歩も怖かっただろうに、ほかの級友に対するのと同じように接してくれた。——むしろそれ以上にやさしかった気がするのは、自惚れすぎなのだろうけれど。

——イブに俺なんかで、なんだか申し訳ないな

などとあの夜幸歩は言っていたけれども、とんでもない話だった。一柳にとっては、一生忘れられないクリスマスイブになった。

(でも、一生ふれる気などなかったのに)

酔っていた、というのは言い訳だろう。

見ているだけでいいと言いながら、つい手を伸ばした。

（……可愛くて）

濡《ぬ》れたような大きな黒い瞳で見つめられ、気がついたら抱き締めて、口づけていた。

忘れたほうがいい。何もなかったことにしたほうが、幸歩のためにもいい——そう思っていつも通りに振る舞ってはいるけれども、幸歩の華奢《きやしや》な身体とやわらかい唇の感触を思い出すと、今この瞬間にもたまらない気持ちになる。

もし幸歩が派遣されてくることがなかったら、あんなことをしでかしてしまうこともなかったのに。

黙り込む一柳に、舞原は嘲《せせ》ら笑う。

『そうだろ。可愛いメイドさん、堪能してる？』

低く、一柳は言った。

「——……あの服はなんなんだよ、制服って」

『はは、よく似合ってて可愛いだろ？　ほんとは女子用なんだけど、制服だ、って言ったら幸ちゃん本気にしちゃってさ。まさかと思ってたけど、やっぱ着てるんだ？　一応、ご主人様がほかの服がいいって言ったら着替えていいとは言ってあったんだけどね？』

「……っ」

返す言葉がなかった。

――いや、制服ならそのままで……！

そう言ったのは、たしかに自分だ。

（何言ったんだ、俺は）

今さらながら――否、あのときから今まで、ずっと頭を抱え続けている。

だがたしかに舞原の言う通り、幸歩の童顔にあのメイド服は、とてもよく似合っていて可愛いのだ。そのうえ今まで見たことのなかった脚が裾から覗き、なんだか妙に色っぽい。初めて見たときは、そこから目が離せなかったほどだった。

フェチではないつもりだったけれども、気がついたらつい爪先からずっと上のほうまで、舐めるような視線を這《は》わせてしまっている。

自覚があるだけに、舞原を変態と罵《ののし》るわけにもいかなかった。

『何も言ってこないから、むしろ喜んでくれてるのかと思ってたけどなあ。あの服も、幸ちゃんを行かせたことも』

舞原の言うことには、一理あった。

幸歩が通ってくるようになってから、毎日が楽しかった。幸歩の顔が見たくて、次第に家に早く帰るようになっていると、自覚がある。

――お帰りなさいませ、ご主人様

笑顔を見ると、一日の疲れが飛んだ。

幸歩には屈辱かもしれないと思いながらも敢えて「ご主人様」と呼ばせ、敬語で喋らせるのは、けじめをつけるためだったはずだ。なのに、その効果はほとんど感じられなかった。のめり込んではいけないと思えば思うほど、転がり落ちるように傾斜していく。

本気で遠ざけたいのなら、もっと前に舞原に抗議して、別のメイドに替えてもらうという手はあったはずだった。いくら「誰でもいい」という条件で登録していたとしても、最悪でも二重に料金を払えば、替えてもらうことはできたのではないか。

なのに、しなかったのは自分だ。

最初はそうしようと思ったのだ。表向きの理由としては、同級生をメイドあつかいすることなどできないと言うつもりだったし、実際同級生——というか幸歩に、自分の荒んだ生活を見せることにも抵抗があった。

でも、失業したと聞いて、心が揺らいだ。

ここで追い返すことは、幸歩をさらに追いつめることになるのではないか。

高校を卒業してからしばらく海外にいたせいもあって、幸歩の両親のことを知ったのはだいぶあとになってから——最近のことだったのだ。

今はなんとか落ち着いて暮らしているようだけれども、ずいぶん苦労したことは容易に想像がついた。一番大変なときに、何もしてやれなかった、それどころか知りもしなかった自分に、嫌悪さえ覚えた。

ここで突き放せば、あのときの繰り返しになるのではないか。

(——なんて、言い訳だ)

ただ、自分が幸歩を手放せなかっただけだ。

偶然とはいえ、これから毎日好きな子に会える。そんな僥倖《ぎようこう》を拒める人間なんて、いるんだろうか?

『おまえ、誰でもいいって言ったよな?』

と、舞原が問いかけてくる。

「そりゃ……言ったが、まさか榊が来るとは思わなかった」

思うわけがない。幸歩が舞原の会社に登録していることさえ知らなかったのだから。

「いつのまにあいつ、メイドサービスなんかに登録してたんだよ?」

『失業したって聞いたから、力になりたくて、このあいだの同窓会のときに声をかけたんだ。うち、稼げるからね。——ま、おまえにはチェンジの権利はないと思うけど、友達のよしみだ。おまえがどうしてもほかの子がいいって言うんなら、替えてやるけど?』

「——……」

言葉が出てこなかった。

幸歩のような真人間は、自分のようなやくざ者には関わらないほうがいい。幸歩のためにならない。

（あいつは綺麗だ）

幸歩は何しろ女も知らない、まっさらなままなのだ。

綺麗なまま、しあわせになって欲しい。

でも。

（三ヶ月）

契約期間はたったそれだけだ。

一生に一度、三ヶ月だけ。——それくらいなら、自分にゆるしてもいいんじゃないかと思った。

これはビジネスだ。ただの主人とメイドの関係だ、と自分に言い訳する。恋人でも身内でもなんでもないのだから、周囲の誰かにターゲットにされることもないはず。——そう、あの事件のときみたいに。

黙り込む一柳に、舞原が噴き出した。

「！」

一柳は思わず声を荒げる。

「今さら替えてもしょうがないし、よく働いてくれてるから……！」

『はいはい。じゃあ、本題に入ってもいい？』

それを舞原は軽く受け流した。

「本題？」

『残り一ヶ月切ったけど、延長どうするよ？』

「――……」

一柳は思わず息を呑んだ。

いつのまにか、幸歩が来るようになってから、二ヶ月以上が飛ぶように過ぎていたのだ。わかっていたこととはいえ、急に目の前が暗くなったような気がした。

延長、という言葉は、一柳にとってひどい誘惑だった。

延長すれば、まだこれからも幸歩といられる。

でも。

一柳が、幸歩と繋がりを持つことを自分にゆるしたのは、三ヶ月という短い期間だけのことだったからだ。

（……もっと一緒にいられたら）

だがそんなことをすれば、きっともう二度と手放せなくなってしまう。それは幸歩のためにならない。

体育倉庫で見つけた、ぐったりとした幸歩の姿が脳裏に蘇る。一柳が踏み込んだ途端、蜘蛛の子を散らすように逃げ去った他校生たち。もう一歩遅かったら、彼らが幸歩に何をしていたか。

「……いや、延長はしない」

と、一柳は告げた。

『ええ？　いいんだ？　じゃあ、次の客からオファーが入ってんだけど、ＯＫしちゃってもいい？』

（次の、客……）

その言葉は、思いがけず一柳の胸を深く抉った。

幸歩がほかの誰かのところへ通い、あんな姿で見ず知らずの男をご主人様と呼び、その男のために料理をつくり、洗濯や掃除をする。

それは仕事であるにもかかわらず、想像しただけでも腸《はらわた》が捻《ね》じれそうだった。

にわかに幸歩が自分の「メイド」ではなくなる日のことが、現実味を帯びて一柳に迫ってくる。

好きな相手の傍にいる喜びなんて、最初から知らなければ、別れの辛さを味わうこともなく済んだのに。

『一柳？』

「あ、ああ、いや」

だが、はっきり言っておいたほうがいい。自分にブレーキをかけるためにもだ。

「──延長はしねえから」

電話の向こうで、舞原はくすりと笑った。

『了解。それじゃついでに、次の客に説明するために、ちょっと聞いてもいいかな？　あ、別に出歯亀したいってわけじゃなくてね？』

「──なんだ」

『スペシャルサービスのほうはどうよ？』

「スペシャルサービス？」

『説明しただろ？　スペシャル会員のためだけのコースだって。普通の家事代行だけじゃなくて、夜のお務めもする、っていう』

「……」

一柳は眉を寄せた。

（そういえば）

そんなことも言っていただろうか……？

あまり明確な記憶がない。

そもそも一柳が舞原の会社に登録する気になったのは、部屋の乱雑さとを食生活の乱れについて倉林に忠告され、自分でも問題を感じはじめていたからだ。もともと私生活の快適さや充実などには関心が薄いほうだったが、彼の部屋は、それでも不快感を覚えるほどの状態になっていたのだ。

そんな折に舞原に声をかけられ、家事代行業だと聞いて、それなら頼んでみるかと思った。普通の妻がすることならなんでもしてくれるメイドを派遣する——そう説明されて、通常の会員ではなく、スペシャル会員として登録することに同意した。

高額だが、通常の家事が抜群に有能なだけでなく、たとえば特にパートナーが必要なときに同行してくれるとか、しつこい誘いをかわすときに恋人のふりをしてくれるとか、そういうことも含まれるのかと期待した。

幸歩が来てからも、「特別」の名にふさわしい家事の腕前に満足して、値段の高さにも疑問を抱いてはいなかった。

だが、妻がすることならなんでも——というのは、セックスを意味していたのだろうか。

だから高額だったのか……！

一柳は愕然とした。

そういえば、その話をしていたときの舞原の声の抑揚には、妙な含みがあったような覚えがある。

多忙のあいまの電話で、なかば聞き流していたとはいえ、なんという誤解をしていたのか。

「……榊は……」

だが、そうだとしたら、幸歩は。

「……そのつもりでうちに来ていたのか……？」

『勿論。っていうか、もしかしてまだ犯《や》ってねーの!? えええ……!?』

舞原は大声を上げた。そのまま何か喚《わめ》き散らすが、一柳の耳にはほとんど入ってこなかった。

（……榊は、俺に抱かれるつもりで家に来た……？ いや、俺というより、「ご主人様」に抱かれるつもりで）

だとしたら、それは一種の売春だ。

（榊に限って、まさか）

だって幸歩は、童貞ではなかったのか？ それなのに、身を売ろうなどと考えるものだろうか。

一柳自身は、性的に早熟だった。最初の相手は父の若い愛人だったたし、周囲にまともでない女が多く、乗っかってくる相手に切れ目がなかった。性にいい思い出がなく、女関係が派手な割には女が好きではなかった。

そんな一柳にとって幸歩が童貞であることは、自分とはまるで違う、凄く「綺麗な存在」であるように見えていたのだ。

手を出す気なんて、勿論なかった。しばらくのあいだ、傍にいてくれるだけでよかった。

（なのに、身を穢《けが》すなんて、どうして）

そしてふと閃《ひらめ》く。

女に対してはまっさらでも、男に対してはそうじゃなかったのだとしたら……？

イブに外食に連れ出したとき、

——こういうところ、凄くひさしぶりです

と、幸歩は言っていた。

それは「両親が亡くなってからは来ていない」という意味だと勝手に解釈していたけれども、もしかして以前幸歩を連れてきたのが、親ではなく男だったら？

考えてみれば、親と一緒よりはデートで来るほうが自然な場所ではあるのだ。

幸歩が男に抱かれたことがあるなどとは、あの清楚《せいそ》な雰囲気からは想像もつかない。

だが舞原は、すでに次の「ご主人様」も決まっていると言っていた。

（あいつが、ほかの男に）

その妄想は、煮えるような何かを一柳の胸にわき起こさせた。

＊

「お帰りなさいませ、ご主人様」

いつものように、幸歩は一柳を出迎えた。

けれども、一柳はいつも通りではなかった。

いつもなら口許に微かに浮かぶ笑みも、ただいまの言葉もないまま、大股《おおまた》に自室へ向かう。

幸歩は慌ててそのあとを追った。

明らかに不機嫌なのがわかる。

会社で何かあったのか、それとも家か。自分が何かしたのだろうか。

だが、今朝は何も変わったところがなかったのだ。その後、出社から帰宅までのあいだ、彼とは接触していない。幸歩には原因の見当がつかなかった。

一柳の上着を脱がせて埃を払い、クローゼットに片づける。ネクタイを外してやっていると、彼が言った。

「……榊」

「はい、ご主人様」

「ご主人様、か」

「……?」

幸歩は首を傾げた。

「おまえがもし、ほかの男の家に派遣されていたとしても、同じように『ご主人様』に仕えていたのか?」

と、一柳は問いかけてきた。

「……? はい、勿論」

「次の家に派遣されても?」

「……はい」

もし一柳がマイメイドサービスのスペシャル会員でなく、幸歩が普通のメイドとしてほかの家に派遣されていたとしたら、やはり他の男を「ご主人様」と呼び、同じように身のまわりの世話をしたり料理をつくったりしていたことだろう。今となっては想像がつかないが、仕事だから当然のことだ。

(それに……ここにいられるのも三ヶ月だけのことだし……)

一柳はおそらく、延長してはくれないだろう。だとしたら、契約期間が過ぎれば、幸歩はほかの派遣先へ行って、ほかのご主人様に仕えなければならない。

最初から、彼は幸歩が来たことに不満そうではあったのだ。もともと彼は、嫌な思い出の残る幸歩のことを避けているふしがあったし、元同級生にプライベートをさらすことに抵抗があるのも理解できた。

彼はただ、失業した幸歩に同情して受け入れてくれたに過ぎない。

(……だから、大金を払っておきながら、何もしようとしない)

もしこの家に来たのが幸歩ではなく、初対面の美女だったとしたら、彼はすでに彼女に「スペシャルサービス」を要求していただろう。

幸歩がまさにそう考えていたときだった。

「スペシャルサービスってのがあるんだろ?」

「えっ?」

今さらそれを持ち出されるとは夢にも思わなかった。幸歩はひどく驚き、目を伏せて答えた。

「——はい」

「俺にも、抱かれるつもりで来たのか」

問われて、かっと頬が熱くなった。彼がなぜ今頃になってこんなことを言い出すのか、わからなかった。

もしかして、今さらながらその権利を行使する気になったのだろうか。

そう思うと急に鼓動が速くなる。ますます身体が熱くなり、同時に、足が竦むような恐ろしさを覚えた。

(……まさかとは思うけど)

もしそうなら、あまりの急展開に、ついていけない。心の準備をさせて欲しい。

けれどもそう問われれば、頷くしかなかった。

「ほかの男のところに派遣されていたとしても、同じように？」

「……はい」

「――……」

なんと答えたらいいか、わからなかった。

抱かれてもいいと思えたのは、相手が一柳だったからだ。だから、スペシャルサービスありの派遣に同意した。一柳が手を出してこなかったときは、拍子抜け――というよりはむしろ、今思えばあれは「がっかりした」と表現するべき感情だったのかもしれない。

（でも、そう答えたら、鬱陶しく思われるかもしれない……？）

大金を払っていながら彼が何もしようとしないのは、同情で幸歩を雇ったものの、性的には惹かれるものがないからだと思うのだ。

そんな相手から、まるで告白めいたことなど言われたら、一柳はどう思うだろう。

（契約終了を待たずに、切られるかもしれない）

それはどうしても嫌だった。

傍にいたい。幸歩の手料理を美味しそうに食べてくれる彼の姿を見ていたい。少なくとも、契約期限が切れるまでのあと一ヶ月のあいだは。

それに、兄のこともある。

あのときの幸歩は迷っていた。もし一柳の許に派遣される選択肢がなかったとしても、追いつめられる兄の姿を見ながら、いつまでスペシャルサービスを拒否し続けていられたかは、わからないのだ。

それを思えば、

——ほかの男のところに派遣されていたとしても、同じように?

という問いかけの答えは、イエスになってしまう。

答え倦ねる幸歩に、一柳は低く命じた。

「……脱げよ」

「……え」

「誰にでもやらせるんだろ?」

「ち……」

違います、という声を、幸歩は呑み込む。

厳密には「違う」とは言えないのかもしれない。それに、一柳が権利を行使する気になったのなら、幸歩に拒否権はない。

幸歩はエプロンのリボンに、震える手をかけた。するりとほどき、頭から抜き取ろうとする。

「あ」

けれどもそれより早く、ベッドに押し倒されていた。

「本当に誰にでも脚を開くんだな……⁉」

「一柳……っ」

「ご主人様、だろ？」

にやりと笑った瞳が、ひどく怖かった。反射的に押し返そうとした手を摑まれ、唇を塞がれる。初めてのときとはまるで違う乱暴さだった。

「ん、……っ」

顎《あご》を摑まれ、唇を開かせられる。その隙間に、荒っぽく舌が入ってくる。

「んん、……っ」

いくら仕事でも、こんなふうにあつかわれるとは思わなくて、涙が滲んだ。

けれども抗《あらが》うことはできないのだ。

（……仕事なんだから）

やさしさを期待するのは間違っている。むしろできるだけのことはして、こちらが一柳を楽しませなければならない。

幸歩は必死で彼のキスに応えようとした。できる限り強ばる身体の力を抜き、入り込んでくる舌をそっと吸ってみる。

びく、とのしかかってくる一柳の身体が反応した。

ちょっとは感じてくれたのかもしれないと思うと、こんな状況なのに少しだけ嬉しかった。

ちゅくちゅくと吸い続ける。

一柳は、半端に纏わりついたままのエプロンの胸当ての下に手を突っ込み、ワンピースの上からありもしない幸歩の胸を撫で回してきた。

ふくらみがないのが申し訳なくなるが、そういえば一柳は、スペシャルサービスの申込用紙に「男女どちらでも」にチェックを入れていたと聞いた。……ということは、ふくらみなどなくてもいいのだろうか。

「……アっ……」

一柳の指が胸の一ヶ所を掠めたとき、幸歩は思わず声を漏らした。

乳首で、男がそんなになるなんて。

(今の……何)

幸歩は信じられない思いだったが、一柳は唇を喉へ落としながら、そこばかりを執拗《しつよう》に撫でる。

「あ、あ」

「こりこりしてきた。……こっちも、服の上からでもはっきりわかる」

「あァあっ……！」

両方摘《つま》み上げられ、ひどくいやらしい声が漏れた。火が点《つ》いたように顔が火照る。なんて声を出してしまったのかと思う。

だがそれで終わりではなかった。幸歩はこのあと、自分でも認めたくないほどの嬌声《きょうせい》を上げて喘《あえ》ぎ続けることになるのだ。

一柳は幸歩の背に腕を回し、ワンピースのファスナーを下ろしてしまう。肩を引き下ろし、胸まであらわにすると、じかにそこに口づけてきた。

「……あっ……」

舌で転がされ、もう片方は指で弄られて、無意識に喉をしならせる。

「……っあぁ……っ、そこ……っ」

「感じるみたいだな。誰に開発された？」

「そ、んな、……っ、あ……っ」

誰にも開発などされているわけがない。そんなところを他人にさわられるのは、勿論初めてに決まっていた。

首を振ったが、一柳にはまったく伝わらなかったようだ。

執拗に舐め、ときには噛《か》みながら、スカートの下に手を滑らせてくる。腰と尻をゆっくりと撫でられ、ぞわっと背筋が震えた。

彼は下着に手をかけてきた。

「……っ……」

いや、という言葉を、幸歩は呑み込んだ。無意識に身を捩《よじ》りそうになり、でも抵抗してはならないという意識が働いて、その動きはひどく弱々しいものになる。

下着は無情に剝ぎ取られてしまった。

スカートを捲り上げられ、覗き込まれて、恥ずかしさに死にそうだった。穴があったら入りたかった。

「……勃《た》ってる」

なのに一柳はそんなことを告げてくるのだ。

「……っ……」

「乳首、そんなに気持ちよかったか？」

幸歩は答えることができなかった。

一柳は躊躇いもなくそこへ口をつけてきた。

「あ、一、……っ」

名前を呼びかけて、はっと唇を閉じる。その瞬間、局部を含まれた。

「あ……！」

びくん！　と、幸歩は背筋を反らした。

(何、これ)

今までに感じたこともない快《よ》さだった。腰がじんと痺《しび》れて、そこから溶けていくかのようだった。

幸歩も自分でしたことくらいはあるけれども、そんなときにも一度も覚えたことのないような快感だった。

「んん、あん、あ……っ、あぁ……っ」

無意識に腰が浮き上がる。ねだるようなしぐさがひどく恥ずかしいのに、我慢できなかった。次第に声も押さえきれなくなってくる。

「あぁ……っ、はあ、あ……っ」

感覚を散らそうと首を振っても、どうにもならなかった。

あっというまに絶頂が近づいてくる。

「一、……っご主人、様……っ……」

唇を放させようと彼を呼び、スカートの下にもぐる頭を摑もうとしたけれども、上手くいかなかった。

「だめ、だめ……っ、あぁ……！」

吸い上げられ、堪《こら》えきれずに、幸歩は達してしまった。

ぐったりとベッドに身を投げ出す。頭がぼうっとして、しばらく何も考えられなかった。

けれどもやがてはっと覚醒する。

（一柳の口に……っ）

思わず起き上がりかけた幸歩の目に、自分の指を舐めて濡らす一柳の姿が飛び込んできた。

ひどく淫《みだ》らで、直視できない。

一柳はその指で、幸歩の後ろへふれてきた。

「ひ……」

幸歩は息を呑んだ。そういえば、男同士の行為にはそこを使うのだと聞いた気がする。薄ぼんやりとしたセックスというものが、幸歩の中でようやくはっきりとした像を結びつつあった。

指がぬるぬると襞《ひだ》を撫で、中へ挿入《はい》ってきた。

「……いっ……」

「痛いか?」

頷こうとしたけれども。

「やっぱ女のようにはいかねーな」

その言葉に、できなくなった。

「大、丈夫……です……」

と、幸歩は答えた。

一柳の指が、さらに深く挿入される。ぐちぐちと音を立ててそこをほぐしていく。

実際、中を探られるうちには痛みは和らいできた。指を二本に増やされても、さほど辛くはなくて。

ただ、身体の中にふれられているのだと思うと、恥ずかしくて死にそうだった。

「あっ……」

「ここが感じるのか?」

と、一柳は問いかけてくる。

「答えろよ」

その部分をゆるく押しながら促され、幸歩は頷いた。

「……っ……はい……」

「ことと、どっちが感じる?」

再び勃ってしまったものの裏側を舐められる。

「ああっ」

「両方されるとたまらないか」

自ら唇を押さえて、こくこくと頷いた。だからやめて欲しい、と思うのに、再び一柳は幸歩のものを咥《くわ》えてきた。そして前をしゃぶりながら、後孔《こうこう》の指を動かす。

「や……だめ、そんな……っひ、ああ……っ」

今度こそ堪えようと、必死で身体を強ばらせるけれども。

「あ、あぁ……あ……っ、……あぁぁっ……!」

ひとたまりもなく二度目の精を吐き出してしまう。

立て続けに達して、身体が泥のようだった。

けれどもこれで終わりなわけがない。無抵抗の脚を抱え上げられ、あてがわれたものはひどく熱かった。

(ああ……本当にするんだ)

と思う。

すっかり力の抜けた身体に、先端が潜り込んでくる。

「……っ……」

(一柳の……)

開かれる痛みに、無意識に彼の腕を掴む。

「痛いか」

「……いいえ……」

とぎらせながら、さっきと同じ答えを返す。

「う、ああっ――……」

深く貫かれ、幸歩は背を撓《しな》らせた。

引き裂かれるような苦痛の中、うっすらと目を開けると、獰猛《どうもう》な瞳をした一柳の顔が見える。

(ああ……)

メイドとして勤めるようになって、ずいぶん一柳の新しい面を見たような気がしていたけれども、これもまた知らなかった一面だった。

怖くて、なのに目が離せない。

どきどきした。こんなかたちでも、肌を重ねるのが嬉しかった。こんなことでもなかったら、きっと一生抱いてもらうことはなかった。

一柳は幸歩を食おうとするかのように見下ろし、突き動かしてくる。幸歩はその背に腕を回し、しっかりと抱き締めた。

（あ……）

いつのまにか気を失っていたようだった。薄く瞼を開けると、心配そうに覗き込んでくる一柳の顔が見えた。

「……大丈夫か」

幸歩は微笑した。

「……はい……」

一柳のほうが、よほど苦しそうな顔をしている。彼は眉をきつく寄せたまま、幸歩に言った。

「ごめん、ひどいことして」

幸歩は首を振った。怖かったけど、いやじゃなかった。見向きもされないより、ずっとよかった。

(それに、心配してくれた)

だから、

「もう二度としねえから」

一柳がそう言ったときには、慌てたのだ。

「そんな……仕事なんですから、気にしないでください」

だが、幸歩がそう口にした瞬間、心配そうに覗き込んでいた一柳の表情が一転した。彼は皮肉な笑みを浮かべた。

「ああ、そうか。仕事だもんな」

今まで幸歩には向けられたことがなかった冷たい瞳の奥に、激昂《げっこう》が見てとれた。

(……どうして?)

わからなかった。

「——じゃあ、もうちょっとつきあってもらおうか」

と、一柳は言った。

「えっ……」

今？

さすがに疲れ果てて、身体が綿のようだ。少しだけ休ませて欲しくて身を捩ったけれども、かまわず押さえ込まれた。

「一柳……っ」

「ご主人様」

と、訂正される。

「仕事なんだろ？」

そう言われれば、幸歩に拒む権利はない。

「……っ——！」

ひどく熱を持ち、じくじくと痛む後孔に入ってくる一柳を、幸歩は声を殺して受け入れた。

7

何が一柳を変えたのか、幸歩にはわからなかった。わからないまま、その日から夜ごと、一柳に抱かれるようになった。

会話は少なくなり、そのぶんベッドにいることが多くなる。ベッド以外のところでも、するようになる。

洗い物を片づけているときなどは、背中から抱いてこないことのほうが少なかった。

「……だめです、……まだ……、こんなところで」

そう言いながらも、それだけで幸歩の身体は反応しはじめてしまう。

一柳はメイド服の裾を捲り、出したままになっていたオリーブオイルを垂らして、後孔を探ってきた。

「……っ……」

慣らすのもそこそこに、あてがわれる。流しに手を突き、後ろから一柳に抱かれるかたちで挿入された。

「う……んっ……っ」

きつい姿勢のまま入ってくる。崩れそうになる身体を、一柳が抱いて支える。微かな抵抗を封じるように、首を噛まれる。痛みと同時に、ぞくぞく……っと戦慄《せんりつ》が走った。

（……痛いのに、感じるなんて）

そんな状態でも、幸歩は感じていた。

何度も行為を繰り返すうちに、次第に慣れて、深く感じるようになる。中に挿《い》れられるとたまらない充足感を覚える。抜いて欲しくなくて締めつけ、自分から求めてしまう。揺さぶられ、感じすぎて起こしていられなくなった上体を、流しに伏せる。

「あ……あ……」

とてもつい先日まで何も知らなかった身体とは思えないほどだった。

（淫乱《いんらん》）

自分で自分を罵りながら、でもこれは一柳に抱かれているからだ、とも思う。好きな人にふれてもらえるのが嬉しいから。

そして嬉しいのに、せつない。

「い……っ」

思わず名を呼びかけて、唇を噛んだ。

後ろからするのは、本当はどちらかといえば好きではなかった。

彼がどんな顔をして自分を抱くのか見ることができない。そして彼の背を抱き締めることもできないからだ。


「シャワー浴びないのか」

崩れ落ちたキッチンの床からどうにか立ち上がり、控え室へ向かおうとしていると、一柳がふいに声をかけてきた。この頃は、したあとは風呂を借りるようになっていた。

「……遅くなったので」

そう答え終わらないうちに、ふわりと横抱きに抱え上げられた。

「え、ちょ」

「あとで送ってやる。掻き出しておかないと、辛くなるだろ?」

耳許で囁かれ、かああっと体温が上がった。

脱衣所で纏わりついたままのエプロンを剝ぎ取られ、メイド服を脱がされて、裸にされてしまう。再び抱えられ、バスルームの広い洗い場のタイルの上に抱き下ろされる。一柳も脱いで入ってきて、シャワーの湯を浴びせられた。

両脚を開かされ、明るいところで見られて、ますます恥ずかしくなった。彼の視線を中心に痛いくらい感じた。

「……み……見ないでください……」

「見られると感じるのか」

「……っ……そんな……」

幸歩はふるふると首を振るけれども。

「勃起《ぼっき》してきた」

と、一柳は容赦なく指摘してきた。

「ぴくぴくしてる」

「……言わないで」

「見られて感じないんだったら、なんでこうなる？」

軽く指で弾かれ、声が漏れた。

一柳は指で後孔を広げてくる。

「……っ……」

どろりと中から零れてきた。

（ああ……）

幸歩はそれが惜しいような気持ちになる。できることなら身の内に留《とど》めておきたい――などと思うのは、やはりおかしなことなのだろうか。もし本当にそんなことをしたら、あとが大変になると一柳は言うけれども。

「……、はっ……」

指を深く挿入され、中で広げられる。曲げて掻かれ、幸歩は小さく喘いだ。

短いあいだに、そこはすっかり性器と化してしまっている。そういう意図でなくても、弄られれば感じずにはいられなかった。

「……っ……はぁ……っ」

「指、気持ちいいか」

幸歩の中を弄りながら、一柳は見下ろしてくる。

気持ちがよかった。ひどく恥ずかしいのに、気持ちがよくなっている姿を見られることにも感じた。指も視線も、どっちも意識するとたまらない。茎を先走りがつうっと垂れていくのがわかる。

「も、もう……っ」

「まだだろ、奥までたっぷり入り込んでる」

「……っ……」

掻き出すためとはいえ、指で開かれた後ろがひくひくして、我慢できない。

「い……ご主人様……っ」

名前を呼びかけて、言い直す。

「んん、ん……っ」

(……早く)

続きを希む幸歩の気持ちをわかっているだろうに、一柳はしてくれない。かわりに幸歩のほうからねだるように促してくる。

「お願いします、は?」

求める科白を口にするのが、たまらなく恥ずかしかった。それでも、後ろに挿入した指を深くされ、中で広げられると、我慢できなかった。

「お……願、します……、い……挿れて……っ」

言葉にした途端、全身が燃えるように熱くなった。奥が疼《うず》いてずきずきするほどだった。

なのに一柳は、まだゆるしてはくれない。

「何を? 指なら挿入ってるだろ?」

重ねて問いかけられ、泣きたくなった。

「ご……ご主人様の……っ、早く……っ」

涙が零れ、幸歩は慌てて腕で顔を覆った。

一柳は幸歩の脚を抱え、深く折り曲げると、自身を突き立ててきた。

「あぁぁ……!」

背筋を快感が貫き、幸歩は強く仰《の》け反《ぞ》った。

「……あ……あ……」

咥え込んだ一柳のものを締めつける。待ち希んでいたものをあたえられ、気持ちがよくてたまらなかった。

「……美味そうだな」

と、一柳がからかってくる。

「気持ちいいか？」

「……っ……気持ち、い……っなか、凄い、熱くて……っ」

「おまえもな」

一柳が耳許に唇を寄せ、囁いてくる。

「——淫乱」

その通りだと思った。途端にまた涙が溢《あふ》れた。「仕事」なのに、どんなに自分を律そうとしても我を忘れて気持ちよくなってしまう。一柳にふれられるところすべてが性器になってしまったかのようだった。

視線を落とせば屹立《きつりつ》した自分のものが目に映り、ひどく恥ずかしかった。そこへ一柳の手が絡みついていく。

「んん……っ」

握られると、またきゅっと後ろが締まった。

「いいぜ、もっと」

「あ、あ……っ」

挿れたまま前を擦られると、じわじわと濡れてくるのをどうにもできない。一柳より先にいかないように堪えようとするけれども。

「あ……っ」

奥のものを強く食い締め、絶頂感に喉を反らす。それと同時に、後ろのものが引き抜かれる。

「……っ……あぁぁ……っ……」

幸歩はその刺激で吐精した。

「……榊」

呼びかけられて顔を上げれば、生温いものがかけられた。

(あ……一柳の……)

いわゆる顔射というものか。怒ってもいいはずなのに、なぜだかうっとりとそれを受けてしまう。

「また、中に出したらまずいだろ?」

「……はい」

幸歩は頷いた。

身体を綺麗にして風呂から上がると、一柳が家まで送ってくれた。

遠慮する気力もなく、車に乗せられる。自分で思っていた以上に疲労していたらしく、いつのまにか眠り込み、はっと気がついたときには、家の前まで来ていた。

「着いたぜ」

「あ、すみませ……、お、私……」

「疲れてたんだろ」

一柳は咎《とが》めなかった。幸歩は車を降りて、頭を下げた。

「ありがとうございました」

そして見送ろうとしたが、彼は車を出さなかった。かわりに、

「早く行けよ」

と、幸歩を促す。

「でも」

「一服していくから」

一柳は煙草《たばこ》に火を点けた。煙を吸い込み、何を見ているのだという顔で幸歩を一瞥する。

それ以上いるわけにもいかず、幸歩はもう一度頭を下げ、アパートの門をくぐった。外階段を上がり、玄関の鍵を開けて振り向くと、一柳の車に再び一礼して中に入る。その途端、崩れそうになる。車の中で寝ていたとはいえ、疲労は濃く残っていた。

弟がまだ帰っていないことを心配しながらも、少しだけほっとした。翔も駅前のファミリーレストランでアルバイトをしているから、日によっては遅くなることもある。今日は遅番らしい。

(翔が帰る前に寝てしまおう)

幸歩はそう思い、自分の部屋へ入ると、服を脱いで、パジャマに着替えようとした。

「幸、帰ってるの?」

玄関ドアの開閉する音とともに、翔の声が聞こえたのは、そのときだった。

「起きてんだろ? 開けるよ。修学旅行のさ……」

「あ、待っ……」

慌てて止めようとするより早く、襖が開かれた。

入ってこようとした翔が、その場で立ちつくす。

「何……その身体」

無意識に電気を点けてしまったことを、幸歩は後悔した。着替えて寝るつもりだったのだから、消したままにしておけばよかったのだ。そうしたら、翔に見られることもなかった。

「それ、キスマークだよな？」

翔が呆然と問いかけてきた。

「ちが、まさか……、ただの虫さされだよ」

「嘘つけ、それくらいわかるんだからな……！」

翔は踏み込んできて、幸歩の腕を摑んだ。引き寄せられ、蛍光灯の下でまじまじと首や項《うなじ》、胸許まで見られてしまう。

「これがキスマークでなくてなんなんだよ……⁉　ご丁寧に歯形まで……！」

答えられない幸歩に、翔は低く言った。

「派遣先でやられたのか？」

「……」

「俺が前に聞いたとき、ただ家事代行してるだけだって言ったよな⁉　いかがわしいサービスはしてない、料理とか掃除とかしてるだけだって……！　それでなんでこんな跡がつくんだよっ⁉　無理矢理手込めにされたからだろ……！」

「ちが……っ」

それは違う。それだけは言っておかなくてはならない。これは仕事で、合意の上のことだ。きちんと代金をもらっているのだと。

「あいつは悪くない……！　ちゃんと合意の上で」

「あいつ……⁉」

鸚鵡返しにされ、幸歩ははっとした。

「やっぱそうなんだ」

と、翔は言った。

「え」

「階下にベンツが停まってたよ。車に寄りかかって家を見てた奴がいた」

「え……⁉」

別れてからさほどたってないとはいえ、一柳はまだ帰っていなかったのだろうか。しかも、家を見ていた？

「……あいつ、一柳司だろ。前に幸を襲った……！」

「……」

「あいつのところに通ってんのかよ⁉　なんで……⁉」

「だから、仕事で、偶然派遣されて」

「馬鹿野郎‼」

翔は怒鳴りつけてきた。

「いくら偶然派遣されたって、あんな奴のところに行ったらやばいのわかってるだろ⁉　そもそもあいつ、いくら格好つけたって実質はやくざじゃないか……！　母さんも父さんも、やくざから金を借りたりしなきゃ、いくら貧乏になったって死ぬことまではなかったんだ……！」

「それは一柳とは関係ないだろ」

「奴も同じだよ……！　昔自分が何されたか忘れたのかよ!?　もう関わるな……!!」

「いやだ……！」

「なんで……!?」

「――好きなんだ……！」

嘘をつくことができずに、幸歩は告白した。それにこれ以上、翔が一柳を悪く言うのを聞いていたくなかった。

「一柳のことが好きなんだ」

「な……何言ってるんだよ……!?　相手は男だぞ!?」

「そんなの関係ない……！」

どんなに責められても、好きな気持ちは変わらない。たとえ彼が男でも、どんな人間であっても。

「くそっ、認めないからな……!!」

「あっ……！」

突き放され、幸歩はベッドに崩れた。

「あいつに会ってくる」

「ちょ、待てよ……っ、翔！」

幸歩が引き留めるのも聞かずに、翔は家を飛び出した。幸歩は一度脱いだ服を再び着て、慌てて翔のあとを追いかけた。

けれども身体が重くて早くは走れない。

幸歩が部屋を出て階段を下り、アパートの門をくぐったときには、一柳の車の傍で、二人が対峙《たいじ》していた。

「幸を無理矢理手込めにしたのかよ……!?」

翔が一柳に詰め寄る。

「ちょっ、翔……！　違うって言ってるだろ……！」

「幸は黙ってろよ！――あんたが無理矢理幸歩を犯したんだろ……!?」

一柳は、翔を黙って見下ろしていた。

「な、なんだよ、やくざだって怖くないんだからな……！」

そして翔のその科白に、わずかに唇で笑う。

「――その通りだ」

と、一柳は言った。その答えに、幸歩は激しく動揺した。

「な……何言って……っ」

「おまえの言う通りだよ。俺が嫌がる榊を無理矢理押さえ込んだんだ。溜《た》まってるから犯らせろ、ってな」

「……っ、この、いくら金払ってるからって、何してもいいとでも思ってんのかよ……‼」

「翔……‼」

翔が拳《こぶし》を振り上げて一柳へ向かっていく。その拳は、一柳の頬にめり込んだ。その気になれば、彼ならいくらでもかわせただろうに、そうはしなかった。

「もう二度と会わないって誓え」

「翔……！　何言ってるんだよ……⁉　仕事なのに、そんなのできるわけが」

たとえ可能だったとしても、幸歩自身が一柳の許を辞めたくなかった。どうせあと半月ほどで期限切れになるけれども、せめてそれまでのあいだだけでも一柳と一緒にいたかった。

幸歩の言葉を、翔は聞いていない。

「おまえみたいな奴は、幸にふさわしくないんだよ……！」

「翔……‼」

幸歩は必死で翔を遮ろうとした。

「——わかった」

だが、一柳は言った。

「もう榊には会わないと約束する。かわりなら、いくらでもいるからな。面倒なのはごめんだ」

「一柳……っ‼」

ひさしぶりに名を呼んだ声は、悲鳴のような響きを帯びた。

一柳は幸歩に視線を落とす。彼はうっすらと笑っていた。

「どうせ契約期間も残り少なかったしな。舞原には俺から話しておく。三ヶ月分の契約金は払い込んであるから、心配しなくていい」

「そんなこと……っ」

幸歩は激しく首を振った。言葉が出てこなかった。

「今までありがとう。料理美味かったよ」

一柳は幸歩の頭をぽんぽんと撫でると、あっさりと踵を返す。

車に乗り込む彼を追おうとしたが、翔に抱きつかれ、止められた。

「一柳……っ！」

——じゃあな
とでも言うように、軽く手を上げる。

車が走り去る。幸歩はテールランプから、いつまでも目を離すことができなかった。

——かわりなら、いくらでもいるからな。面倒なのはごめんだ
何度もその科白が頭を廻《めぐ》った。

幸歩の料理を美味しいと言ってくれたことや、向かいあって一緒に食事をしたときの彼の表情、かわした会話。抱き締められたこと。

思い出すと、涙が止まらなくなった。

幸歩にとっては、相手が一柳だったからこそ、そんなささいな日常がとても楽しかったのだ。だけど一柳にとっては誰でも同じこと——「誰でもよかった」のだろうか?

思えば高校時代から、彼はいつもそうだった。幸歩と距離を置こうとしていた。

理由はよくわからないながらも、たぶんあまり好かれていないのだろうということは察しがついた。友達になりたかったけど、どうしてもだめで。

でも、仕事の関係とはいえ毎日彼の家に通うようになって、少しだけ近づけたような気がしていたのに。

(このまま、また離れてしまうなんて)

本当にもうだめなのだろうか。

嫌われている——少なくとも好かれてはいないことがわかっているのにしつこくするのは、迷惑以外のなんでもない。忘れなければならない。

頭ではわかっているのに、どうしても上手くいかなかった。

最後に手を振った一柳の表情が、ひどく寂しそうだった気がして。――そんなのは、暗闇が見せたただの幻だったに違いないのに。

(でも、諦めたら本当に終わってしまう)

やっぱり、どうしてもそれはいやだった。

翔が心配してくれるのはありがたいけれども、一柳の住む世界がどんなところだったとしても、やっぱり傍にいたかった。

一晩考えて、幸歩は次の日も、いつもと同じように彼のマンションへ行くことにした。

(翔が言ったことを謝って、またもとどおりに通わせてもらう)

それに、少なくともあと半月は契約が残っているのだ。いくら金は返さなくていいと言われても、そういうわけにはいかなかった。

幸歩は翔を起こさないように、早朝にそっとアパートを出て、狭い路地を通って駅へ向かった。

8

その朝、一柳はひさしぶりに、目覚まし時計のけたたましい電子音に叩き起こされた。

反射的に手を伸ばしてそれを止めながら、

(そうか……)

昨日セットして寝たのだった、と思い出す。

今日からは、幸歩は起こしてはくれない。

——おはようございます、ご主人様
やさしい笑顔を思い出して、らしくもなく鼻の奥が痛む。

ひどいことをしたのに、手を出してからも幸歩は毎朝、やさしい声で一柳を起こしてくれていた。仕事とはいえ、幸歩の態度は変わらなかった。笑顔に影がさしたこと以外は。

(もう会うことはないんだな)

ひどい喪失感に襲われる。

幸歩は今頃どうしているだろう。きっとそろそろ起きて、弟のために朝食をつくってやっている頃かもしれない。

(本当なら、ここにいるはずだったのに……!)

だがどちらにしろ、遅かれ早かれこうなるはずだったのだ。契約が切れるまで、あと半月しか残ってはいなかった。少しでも傷が浅いうちに、離れてよかったのだ。

傍にいたら、何に巻き込んでしまうかわからないのだから。

「くそ……っ」

無意識に、小さな舌打ちが出る。

好きでやくざの子になど生まれたわけではない。なのにその血のせいで、なぜ幸歩を手放さなければならない?

いや……今さら言ってもはじまらない。

——おまえみたいな奴は、幸にふさわしくないんだよ……!

幸歩の弟の言ったことは正しい。

(いい弟だ)

本心ではきっと一柳が怖かっただろうに、あんなに堂々と抗議して。

幸歩は弟と暮らしたほうがいい。そして将来はちゃんと結婚して、自分の子供も持って、しあわせになって欲しい。

その気持ちは本心なのに、吐息が漏れる。

シャワーを浴びて、出社しなければ。

でも起き上がっても、幸歩の笑顔も、幸歩のつくる朝食もない。ダイニングへ行けば、そのことを直視しなければならない。

そう思うと、一柳はベッドから出ることができなかった。

(……どうして)

幸歩が来る前に戻っただけのことだ。

ほんの二ヶ月半前と同じ生活を送ればいいだけのことなのに。

(……いったいなんのために生きているんだろう)

そんなことさえわからなくなりそうだった。


インターフォンが鳴ったのは、気怠い身体をどうにか起こし、シャワーを浴び終えた頃のことだった。

(榊……⁉)

と真っ先に思い、けれども幸歩なら鍵を持っているはずだった。

(そういえば、あれも返してもらわねえと)

モニターには、見覚えのある顔が映っていた。幸歩の弟の翔だった。

なんの用で——しかもなぜここがわかったのかと思う。幸歩に聞いたか、それとも同窓会名簿でも見たのだろうか。

「——何か？」

「幸が来てんだろ……!?」

通話ボタンを押すと、翔は叫んだ。

「ああ？」

「あれほど言ったのに性懲りもなく……！　あんたも約束したはずだよな、もう会わないって……！」

「ああ」

「だったら、幸を返せよっ、この誘拐魔……！」

「落ち着け……！」

一柳は翔を制した。

「榊はここには来ていない」

「来てないわけないだろ……！　じゃあどこに行ったっていうんだよっ、中にいるに決まってんだよ、たしかめてやるからここを開けろよ……！」

一柳は吐息をついた。

けれどもこの慌てようは、嘘をついているとも思えなかった。だとしたら、こんな朝っぱらから、幸歩はどこへ行ったのだろう。

まさかとは思いながらも、一柳の胸にも不安が押し寄せてくる。

ともかく、翔はたしかめるまで引いてくれそうにない。一柳は解錠ボタンを押した。自動で集合玄関の扉が開き、翔が中へ踏み込んでくる。ややあって、部屋のベルが鳴った。

一柳が開けてやると、飛び込むように中へ入ってきた。そして一瞬、呆然と家の中を見回す。

「……凄いとこに住んでんだな……」

「好きに捜せよ」

ぽかんと口を開けている翔に言えば、彼ははっとしたように捜しはじめた。

リビングを見回し、ダイニングキッチンの冷蔵庫の中までチェックする。それから廊下に出て、ドアというドアを開けて回る。

一柳はそれを眺めながら、舞原とマイメイドサービス本社に電話を入れてみた。幸歩の行き先として、ほかに心当たりがなかったからだ。だが、どちらも芳しい返事は得られなかった。

（……どこへ行った？）

翔から聞いた情報によれば、夜は家にいたのに、起きたらすでに出かけていたのだという。

仕事用の鞄を持って出たようだから、ここに来ているに違いないと思ったらしい。

(途中で気が変わって、自分の意志で別の場所へ行っただけならいいが……)

「なんだよ、これ……!」

翔は、メイド服のかけられたハンガーを手にして叫んだ。一柳はその疑問に答えてやる。

「マイメイドサービスの制服だそうだ。ここは榊の控え室みたいなものだったんだ」

最初は家に帰って洗濯していたものを、荷物になるからここに置いておいて、洗濯もここですればいいと一柳が提案したのだ。以来、置かれたままになっていた。

「幸にこんなもの着せてたのかよ、この変態……!」

わざと着せたわけではないが、気に入っていたことは否めない。言い訳のしようもなく、開きなおって、

「見たかったか?」

と問いかければ、翔は真っ赤になる。

「な……! バカ言うなよ‼」

「そうか? 可愛かったのに」

さらに焦って喚き散らす翔の態度に、ブラコンか、と一柳は納得した。

(この服も返さないとな……)

弟に持って帰らせるか、それとも舞原に直接返したほうがいいのだろうか。

見つめていると、これを着ていた幸歩の姿が脳裏に蘇る。

——お帰りなさいませ、ご主人様
それが辛くて、弟を残して控え室をあとにした。

ふいに携帯電話の着信音が響いたのは、そのときだった。

居間に置きっぱなしになっていたそれを手にして、受信する。表示された動画を見て、一柳は思わず声を上げてしまった。

「榊……！」

がらんとした倉庫の中で服をはだけて押さえつけられ、弄り回される幸歩が映っていた。

同時に固定電話に電話がかかってきた。

『見てるか、兄弟』

流れてきた声に愕然とした。ひさしぶりに聞く異母兄の声だった。

「兄貴……！」

いったい何を、とは聞かなくてもわかった。受話器の向こうから、幸歩の悲鳴が聞こえた。

『この子、元同級生だろ？　まだつきあいが続いてたなんてなあ？　強がってもお兄様にはばれてんだぜ。おまえにとって、こいつがどういう存在かってこと』

ちょうどそのとき、翔が控え室から出てきた。

「今、榊って聞こえたけど、幸から電話？」

「おまえには関係な……」

答える前に、翔は電話に飛びつき、スピーカーに切り替えてしまう。

兄の声が続く。

『おまえ高校のとき、こいつを襲った奴ら半殺しにして、少年院に入りかけたもんなあ？

あのときの子だろ？』

「え……⁉」

翔が声を上げた。

「今の、どういう――」

一柳は慌ててスピーカーを戻し、再度切り替えようとする翔からガードする。

『画像見りゃ、どこにいるかわかるだろ。今すぐ来い。必ずひとりでな』

通話はそこで切れた。

一柳は受話器を電話に叩きつけ、飛び出そうとした。

「待てよっ！」

それを翔が引き留める。

「幸に何かあったのか⁉」

「――……」

「あったんだろ⁉　俺も連れてけよ……‼　どこだよ⁉」

「ひとりで来いってご指名だ。二人で行くわけにはいかない。榊の命に関わる」

「でも」

「それに、おまえを巻き込んだら、榊が悲しむ」

なおもついてこようとする翔の鳩尾《みぞおち》に軽く拳を叩き込み、一時的に動きを止める。

そして手早く着替え、一柳は部屋をあとにした。

*

(……ここは……?)

幸歩が目を覚ましたとき、そこは知らない場所だった。倉庫の中だろうか。鉄屑《てつくず》や錆《さ》びた機械などが放置してある。

(たしか……一柳のところへ行こうとして)

途中で後ろから来る車の気配を感じて、幸歩は脇へ避けた。だが、車は幸歩のすぐ後ろで停まった。ドアの開く音に、何かの予感を感じて振り向く。

その瞬間、後ろから羽交い締めにされた。

声を上げる間もなく薬を嗅《か》がされ、幸歩は意識を手放したのだ。

そのあと、どこへ連れてこられたのか。

起き上がろうとして、腕を縛られていることに気づき、呆然とした。

「目が覚めたか」

声の聞こえたほうを見れば、廃機械の上に座る、見るからに堅気《かたぎ》ではない男がいた。そして傍には、十人ほどの部下が彼をガードするように控えている。彼らはどことなく一柳と似た空気を纏いながら、もっとあからさまに荒んでいた。

やくざだということは、すぐにわかった。

「おまえ、あいつの『女』だろう？」

と、男は言いながら、歩み寄ってくる。

「ちょっと味見させてもらうぜ。——おい、ちゃんと撮《うつ》せよ」

振り返りもせずに、部下に命じた。部下はスマートフォンを操作し、レンズをこちらへ向ける。

（録画……!?）

幸歩は逃げようとしたが、立ち上がりかけたところですぐに捕まり、頬を張られた。床に押さえつけられる。

「おい、押さえてろ！」

命じられた男が、幸歩の手を頭上に固定する。

幸歩は脚をばたつかせて暴れたが、ほとんど効果はなかった。服をはだけられる。

「へえ……この跡はあいつがつけたのかよ？」

と、彼は言った。幸歩はかっと肌が火照るのを感じる。

「すげえな。よっぽど執着してんのな」

「ちが……っ」

そんなわけはない。幸歩はただのメイド、しかもクビになったばかりなのだ。

「おい、電話」

部下が別の携帯でどこかへ電話をかけ、相手が出たところで受話器を彼に渡す。話しはじめてすぐに、漏れ聞こえる声で、相手が一柳だとわかった。

（一柳……！）

「見てるか、兄弟」

と、男は言った。

この男が、一柳の兄なのだろうか。

（そういえば……一柳の実家が今ごたついてるって）

一柳自身が疲れた顔をしていたこともあったし、ＤＴ部の会合では真名部もそんなことを言っていた。

(そうだ……気をつけろって言われてたのに)

一柳がこの頃よく家まで送ってくれていたのも、もしかしてそういう状況のせいだったのだろうか。

初めて幸歩は思い至った。

(なのに早朝に勝手にひとりで出歩いたりして、捕まって、一柳を巻き込んで)

今さら後悔しても遅い。

一柳は、リアルタイムで映像を見ながら、この男と会話しているようだった。録画ではなく、おそらくテレビ電話のようなアプリを使い、映像をそのまま流しているのだ。

漏れ聞こえる会話から、幸歩はそのことに気づいた。

こんな姿を一柳に見られているのかと思うとたまらなくて、さらに死に物狂いで逃げようとしたが、男をはねのけることはできなかった。

下を脱がされ、弄られる。

「ひっ……」

乳首を強く摘まれ、思わず悲鳴を上げてしまう。男は鼻で笑い、一柳に言った。

「おまえ高校のとき、こいつを襲った奴ら半殺しにして、少年院に入りかけたもんなあ？あのときの子だろ？」

(え……⁉)

その言葉に、幸歩は耳を疑った。

(今の、どういう……)

「画像見りゃ、どこにいるかわかるだろ。今すぐ来い。必ずひとりでな」

「だめ……!」

多勢に無勢だ。ひとりで来たりしたら、どんな目にあわされるかわからない。幸歩は止めようとしたが、すぐに通話は切られてしまう。

電話を終えると、男はようやく両手が空いたとばかりに幸歩に襲いかかってきた。

「やめてください……! や、……っ」

幸歩は必死で暴れながらも、頭の中は先刻の科白でいっぱいだった。

(俺を襲った奴らを半殺しにして、少年院に入りかけた……?)

一柳が他校の不良グループと乱闘騒ぎを起こして大問題になったという話は、幸歩も聞いたことがあった。けれどもそれはただの喧嘩ではなくて、幸歩のためにしたことだったのだろうか? 体育倉庫の事件の犯人は、幸歩が信じた通り一柳ではなくて、その男たちだったのだろうか。

(なのになぜ、まるで自分がしたみたいに)

罪を被ろうとしたのだろう。

「どうするかな」

と、男は言いながら、後孔にふれてくる。

「俺、男に興味はねえんだけどよ」

気持ち悪さに身が竦んだ。一柳にさわられるときは蕩《とろ》けるように気持ちいいのに、なぜこんなにも違うのかと思う。

「あいつが夢中になってんのかと思ったら、ちょっと突っ込んでみたい気もするな。けっこう可愛い顔してるし」

乾いたままの場所に無理に指を挿入しようとする。

「入んねーなあ」

「――ッ」

シャッターの開くがらがらという音が鳴り響いたのは、そのときだった。

「そいつを放せ」

低く殺したような一柳の声が聞こえた。

顔を向ければ、鉄パイプのようなものを手に、大股に踏み込んでくる一柳の姿があった。

（あ……）

巻き込んでしまった申し訳なさと同時に、助けに来てくれた嬉しさが込み上げる。だがそんな悠長な気持ちは一瞬で吹き飛んだ。

一柳に向けて、部下の男たちが銃をかまえた。幸歩は息を呑む。直後、銃声が響いた。

「一柳……っ‼」

一柳は廃機械の陰に身を伏せてそれを避けると、すぐに起き上がった。そして鉄パイプで近くの男を続けざまになぎ倒す。

容赦なく鉄塊を人間に叩きつけ、返り血を浴びる。

そんな姿に、背筋が冷たくなるような恐ろしさを覚えないわけにはいかなかった。

「ひさしぶりに見るぜ、おまえのその姿」

と、男は言った。

「今までのところ負けなしだかなんだか知らねえが、今日は違うぜ」

部下たちを促す。再び発砲がはじまった。

一柳は身を低くしてかまわず突進した。

「一柳……っ‼」

それが肩や腕を掠めても、少しも怯まずに鉄パイプを振り回す。むしろその迫力に呑まれ、怯んだのは敵のほうだった。弾丸が尽き、青くなって予備の銃を取り出そうとするところを叩きのめしていく。

まるで鬼神のようだった。

「……あとはおまえだけだな」

銃を持った多勢の相手を、一柳がひとりで倒すことを想定していなかったのだろう。男は震える手で銃を取り出した。

「く、来るな……！　来たらこいつの」

幸歩の頭に押し当てようとする。だが、一柳のほうが早かった。容赦なく鉄パイプをその手に振り下ろす。

一柳は、倒れた兄の喉仏に、鉄棒の先を強く押し当てた。

「俺は跡目なんかいらねえって言っただろう？」

息を呑む男に、低く囁く。唇には笑みさえ浮かんでいた。

「で、でも親父《おやじ》が……っ」

「親父にはちゃんと話して辞退する。——けどな、二度とこいつに手ぇ出したら、半殺しじゃすまねえ。おまえをぶっ殺して、跡目を取りに行くからな……‼」

一柳が声を荒げた瞬間、男のズボンに黒い染みが広がった。失禁したのだとわかった。

縛られたままの幸歩を、一柳はふわりと抱き上げる。

そして倉庫をあとにした。


一柳の車で、彼のマンションへと戻った。

そんな身体で運転して大丈夫なのかと思う。傷の具合が心配で、救急車を呼ぼうとしたけれども、彼に止められた。

——銃創だからな。病院はまずい

彼は知人の医師に連絡して、マンションへ呼んだ。

泣いたらよけいに彼に気を使わせてしまうと思い、幸歩は涙を止めようとしたが、止められなかった。

——もう、弟と一緒におまえは帰れ

そう言われても、どうしても傍を離れたくなかった。

一柳も、今は無理矢理追い返す力は残っていないらしい。診察と手当てが済むと、薬で眠ってしまった。

「……一柳が、助けてくれたんだ」

じりじりと二人の帰りをマンションで待っていた翔に、幸歩は言った。

「だけど、巻き込んだのもあいつだろ？」

幸歩は首を振る。

「危ないのはわかってたはずなのに、ちゃんと警戒してなかった俺も悪かったんだ。——なのに、一柳は命がけで守ってくれた」

そのために、こんなに大怪我をして。

肩に巻かれた包帯や、いつもより青い顔色を見ていると、また涙が滲む。

「……あのさ、……高校のときのあの事件……」

躊躇いがちに、翔は言った。

「あれ、本当の犯人はこいつじゃなかったのか……?」

「うん」

幸歩は強く頷いた。

一柳の兄の科白を考えれば、そういう解釈になる。しかも一柳はその後、真犯人を半殺しの目にあわせているのだ。

なぜ当時一柳が否定しなかったのかはわからないけれど、彼は幸歩が信じた通りの人だった。

翔は吐息をついた。

「……もういいよ」

「え……?」

「幸がこいつのこと、そんなに好きならしょうがないだろ。もう反対はしないよ。好きにすればいい」

「翔……」

「でも」

翔は、眠っている一柳の耳を引っ張り、大声で吹き込む。

「今度と幸を危険な目に遭わせたら、ゆるさねえからな！」

「……聞こえてないと思うけど」

「次、会ったときまた言う」

翔は立ち上がった。

「じゃあ、俺は先に帰るから。連絡入れろよ？」

「うん。そうする」

幸歩は翔をマンションから送り出した。

そして一柳の寝室へ戻ると、彼は目を開けていた。

「一柳……！」

ベッドへ駆け寄る。

「気がついたんだ？」

というより、もしかして起きていたのだろうか。

「今ので起きた……。あんま薬効かねえんだ」

「痛くない？　起きたら痛み止め飲ませるようにって先生に言われてるんだけど」

「ああ。たいしたことない」

じわりと涙が滲んでくる。

「よかった……もし、目を覚まさなかったらどうしようかと思った……っ」

「大袈裟だな」

と、一柳は微笑った。

彼が身を起こそうとするのを助け、背中にもうひとつ枕を入れる。そして用意していた水差しの水で、薬を飲ませた。

「だけど、これでわかっただろ。俺といたらこういう目にあう。今回はたまたま跡目の話だったが、ほかにも似たような事件はしょっちゅう起こる」

「でも守ってくれただろ……！」

標的にされていることはわかっていて、助けに来てくれた。こんな大怪我をしてまで、幸歩を救い出してくれた。

「……それに、高校のときのあの事件のこと……、本当は犯人は別にいたって。半殺しにして、少年院に入りかけたって」

「……聞いてたのか」

一柳は吐息をついた。

「俺、ずっと知らなくて……、ごめん」

一柳を信じてはいたけれども、半信半疑な部分もあった。幸歩は頭を下げた。

「だけど、どうして自分がやったみたいなふりしてたんだよ……？　一柳がひとこと違うって言ってくれてたら」

「――そういうことになるなら、それでもよかったんだ。もとを正せば原因は俺にあるんだし」

「え……？」

「あいつら、ほかの組の準組員みたいな連中で、もともと俺のことを目の敵《かたき》にしてやがったんだよ。前にだいぶ痛い目にあわせたこともあったから、よけいにな。だから……俺には直接手を出せねえから、おまえに矛先が向いちまった。俺の友人――もしかしたらそれ以上の関係にあると思われたんだ。……おまえが襲われたとき、俺の生まれと、それまでやってきたことのツケが回ってきたんだと思った。俺の近くにいると、おまえはまたああいう事件に巻き込まれる。それくらいなら、離れたほうがいい」

「……あの事件からずっと……俺から距離を置いてたのも、そのためだった？」

一柳は答えなかった。それを幸歩は肯定と受けとった。

「……よかった」

幸歩は思わず呟いた。

「よかった？」

「ずっと、嫌われてるから避けられてるんだと思ってたんだ。……だから、そうじゃないってわかっただけでも、嬉しい」

「……榊」

ほっとして、涙が滲んだ。それを慌てて拭《ぬぐ》う。

「……一柳の、傍にいたい。どんなに危険な目にあってもいいから」

一柳は戸惑ったように幸歩の名を呼んだ。

「……バカなことを」

「どうして……⁉」

彼はそれには答えなかった。

「仕事を続けたいなら、舞原に言えば別のご主人様を紹介してくれるだろ。俺みたいにひどいことをしない奴」

「ひどくない、ひどいなんて思ったことない……！」

幸歩は思わず声を上げた。

「一柳が手を出してくれたとき、嬉しかった。スペシャルサービスのために大金を払ってるのに何もしないのは、俺じゃだめだからだと思ってたんだ。色気もないし、スキルもないし……当たり前だけど、でも」

「ちょ、待てよ……！」

一柳は遮った。

「俺は最初、スペシャルサービスの意味なんて知らなかったんだ……！　そんなつもりでメイドを雇おうなんて思ったわけじゃない。……たしかにあとから考えたら舞原はそんなようなことを言ってた気はするけど、聞き流してた。おまえがそういうつもりで家に来てたなんて思いもしなかったんだ」

（……そうだったのか）

幸歩は呆然と目を見開いた。一柳はスペシャルサービスをきちんと理解していなかった。幸歩の据え膳を拒否していたわけではなかったのだ。同時に、彼が金でセックスつきのメイドを買うような男じゃなかったとわかって、なんだかほっとする。

「……だからあとになって、おまえが本当は身売りするつもりだったって知って死ぬほど驚いた。おまえ、誰にでもやらせるつもりだったって言っただろう」

「！　それは……っ」

――ほかの男の家に派遣されていたとしても、同じことをするのか？

そう聞かれたとき、たしかに頷いたけれども。

「誰にでもやらせるつもりだったのかと思ったら、むかついて、我慢できなかった。――だからってあんな真似して、ゆるされることじゃないけどな。……本当に悪かった」

「そんなこと……っ」

幸歩は首を振った。

「あれは普通に掃除とか、家事をやるって意味で……！」

夜の務めまで果たす気になったのは、一柳だったからだ。

兄のことで悩みはしたけれども、結局は無理だったのではないかと今は思うのだ。ほかの男に襲われかけただけで、嫌悪感で死にそうになったのだ。一柳でなければ無理なのだと身に染みてわかった。ほかの誰かの許に派遣されていたとしても、きっと初日で逃げ帰っていた。

「スペシャルサービスの派遣を受けたのは、相手が一柳だったからだよ」

と、幸歩は言った。

「ある日、兄が借金をして、お金を都合してくれなければ自殺するかも、って言ってきたんだ。お金なんてあるわけなかったけど、うちは両親が同じ理由で心中してるから、簡単に見捨てることができなかった」

「榊……」

一柳が目を見開く。

「それがこんな仕事をはじめた理由なのか……？」

幸歩は頷いた。そうだったのか、と呟き、一柳は頭を抱えた。

「……そうだよな。そもそもおまえがそういう商売をはじめるなんて、何か事情があるって考えるべきだったんだ。……いや、考えはしたけど……」

深く吐息をつく。

「——俺が知ってたら、どんなことをしてでも助けてやれたのに……」

幸歩は苦笑した。

「助けてくれたよ。一柳が俺を雇ってくれたおかげで、兄さんにお金を渡せたし」

「けど」

「兄さんを助けたかった。でもやっぱり、見ず知らずの好きでもない人とそういうことするのは、どうしても抵抗があって……悩んでたら、舞原が持ちかけてきたんだ。一柳のところならどうか、って。……そういうかたちでセックスするの、よくないとは思ったよ。だけど状況が状況だったし、それに……こんなことでもなかったら、もしかしたらもう一生、一柳とは会う機会さえ持てなかったかもしれなかっただろ？」

「……だからって、うちに来るってことは、俺と」

「一柳なら、いいと思ったんだ。ほかの誰でもいやだけど、一柳ならいやじゃなかった」

幸歩は一気に口にした。

「……好きなんだ」

「榊……」

幸歩は火照ってたまらない顔を上げ、一柳を見た。

「一柳の本当の気持ちが聞きたい。嫌いならはっきりそう言って欲しい。言わなきゃ離れない」

「……っ……榊」

一柳はふいに幸歩を抱き締めてきた。

戸惑いながらも、幸歩の鼓動は激しく高鳴る。

「い……一柳……？」

「あの事件のとき、俺が自分の潔白を主張しなかった理由はもうひとつあるんだ。……あのとき、自分の欲望を見透かされた気がした。おまえを見るたびに、ふれたくてたまらなくなってた。あいつらに、先回りして俺のしたいことをされたような気がしたから」

「……一柳……」

「俺のほうこそ、ずっとおまえが好きだったんだ」

その言葉が聞こえた途端、ぼろぼろ涙が出て止まらなくなった。

（一柳が好きだって言ってくれた）

それだけで、もうどうなってもいいと思う。

「……おまえが身売りするなんて、何か事情があるはずだって感じてたのに、嫉妬に狂ってちゃんと考えられなかった。……ひどいことをして、すまなかった」

幸歩は首を振った。

一柳は顔を上げ、指で幸歩の涙を拭ってくれる。

「組とは関わりを断つ。やばい商売もやめる。できる限りおまえを巻き込まないよう盾になるから、俺のものになってくれるか？」

「ん……うん……っ」

幸歩は何度も頷いた。

唇が重なる。強く抱き締めてくる一柳の背中を、幸歩もしっかりと抱き返した。

それから一柳は、父親と兄を相手に、今後一切組には関わらないという念書を交わし、跡目を正式に辞退した。

実質フロント企業だった会社も部下に譲り、名実共に堅気になったのだ。

跡目はともかく、一柳が家族と絶縁することには——しかも自分をきっかけとしてそうなってしまうことには、心を痛めずにはいられない。

けれども一柳は晴れやかな顔をしていた。

新しく社長となった倉林は、幸歩の兄のことも引き受けてくれた。借金はいったん返したものの、兄の会社は結局倒産。性懲りもなくまた借金をして新たな事業を立ち上げようとしていたところを捕まえ、倉林の監視のもと、会社で働かせてくれるという。

——なかなか可愛い顔をしているじゃないですか。いたぶり甲斐がありそうだ

という科白は少し怖いけれども、一柳が大丈夫だと言うからには、大丈夫なのだろう。

一柳は、住んでいたマンションを引き払い、もう少し落ち着いた街に新しい部屋を買った。

新しいマンションは地下鉄の駅に直結していて便利だと言う彼に、幸歩は驚いた。

——一柳も普通に電車乗るんだ……

——そりゃ乗るだろ

と呆《あき》れ気味な答えが返ってくるけれども、正直なところ車移動しかしないのかと思っていた。

(じゃああの口紅のついたシャツも……)

本当に電車でつけられたものだったのかもしれない。

幸歩は自分のアパートを出て、一柳のマンションで一緒に暮らすようになった。

そこで一柳は新しい事業を立ち上げ、幸歩はその手伝いをする。

――メイドは辞めて、これからは俺だけのものでいてくれないか

と、一柳は言った。

独占欲を感じさせる言葉が、幸歩はたまらなく嬉しかった。

メイドの仕事まで辞める必要はないのではないか――とは思うけれども、

――おまえがほかの男の世話を焼くのかと思うと、我慢できないんだ

そんなことを言う一柳は、大きな駄々っ子のようで可愛い。とりあえずメイドは辞めて、次の仕事を探しはじめた。

今までのアパートは引き続き、翔が住んでいる。新しくワンルームを借りるより家賃は高いが、初期費用がいらないのがいいと言う。本当は、幸歩の戻る場所を確保してくれているのかもしれなかった。

――いやになったらいつでも帰ってきていいからな?

と、翔は娘を嫁に出す父親のようなことを言っていた。
幸歩は一柳の買ったマンションにただで住まわせてもらうのが申し訳なくて、家賃を払うと申し出たけれども、いらないと言われた。
——でも
——かわりにメシつくってくれれば
と一柳は微笑う。それならはりきって頑張ろうと思う。
食洗機の使いかた、洗濯機に柔軟剤をセットすること……少しずつ一柳にも家事を教えるようになって、それも楽しかった。

そんな頃、四回目のＤＴ部の会合があった。

幸歩はそこで、一柳と一緒に暮らしはじめたことを友人たちに話した。

「えええ⁉」

一柳の念書の作成は須田に頼んだから、須田と、もしかしたら白木も知っていたのかもしれないけれども、守秘義務があるからか、ほかには喋っていなかったようだ。ずいぶん驚かれてしまった。

けれども、高校時代の事件の犯人が実は一柳ではなかったことと、一柳が実家と絶縁したことで納得したらしい。

「じゃあ、榊と一柳のしあわせを祈って」

ビールで乾杯して祝福してくれた。

会合の終わりに、一柳から携帯に、車で迎えに来たという連絡が入ったときには、散々冷やかされた。

「まったく、ラブラブじゃねーかよ、この……！」

「いやこれは、まだ実家のほうがちょっとごたついてるからで……」

などと言い訳しながらも、冷やかされるのもけっこう悪くない気分だった。

「どうせなら、一柳にも顔出してもらえよ。俺からの祝福を受けてもらいたいからさ？」

と、白木が言った。その人の悪い笑みに少々首を傾げながらも、幸歩は一柳に話す。やや
あって、一柳が店内へやってきた。

「おめでとうっ、一柳君！　榊と同棲だって？」

「ああ、まあな」

少し照れたように答える一柳のネクタイを引っ張り、白木はその顔を覗き込む。

「泣かせるような真似したら、ＤＴ部が黙ってないからな？」

「命にかえても、そんなことにはしない」

堂々とした答えに、幸歩のほうが気恥ずかしくなるほどだった。白木は呆れたように、ネクタイから手を離す。

「あ、そ。——じゃあ、遠慮なく」

にっこり笑って白木が差し出したのは、今日の飲食代の請求書だ。

「なるほど、そういうことですか」

「根に持ってたもんなあ、白木」

真名部と小嶋がにやにやと笑う。

「るっせーよ、俺は須田とつきあいはじめたとき奢《おご》らされたんだからな……！」

白木の言わんとすることが、幸歩にもわかってきた。

「何、これ？」

請求書を受け取って首を捻る一柳に、白木が軽く咳払《せきばら》いして説明する。

「我がDT部は、一日も早い卒業を祈願してるんだよ。だから最下位になったら、ほかのメンバーに奢ることになってんの」

「へえ？」

「というわけで、榊はおまえとつきあいはじめたんだから、卒業は無理だろ。最下位決定ってこと！」

「なるほどな……相手が男だと卒業にカウントされないってわけか。まあたしかに童貞は卒業してないよな」

一柳は苦笑した。

「わかった。じゃあ、これは俺が――」

「一柳……！」

幸歩は慌ててそれを遮った。

「いいよ、俺が払うから……！」

本来、部員である幸歩が奢るべきものだ。白木のときは白木が払っているし――と、請求書に手を伸ばす。一柳はそれをかわし、幸歩の耳に淫らな囁きを吹き込んでくる。

聞こえた途端、火が点いたように顔が赤くなったのがわかった。

内容までは聞こえなかったはずだが、その幸歩の反応を見て、ＤＴたちがさらに冷やかしてくる。

幸歩と一柳は這々《ほうほう》の体《てい》で帰路に就き、マンションに帰り着いたときには、ほっとしたほどだった。

新居もようやく片づき、落ち着ける場所となっていた。

幸歩が寝室でコートをかけていると、ふいに後ろから腰に腕を回された。

「わ……」

そのまま引っ張られ、腹を抱かれたまま並んで座るような格好になる。一柳は幸歩の耳許で囁いた。

「そろそろどう？」

どきりと心臓が音を立てる。

一柳の怪我が思った以上に重傷だったために、治るまで幸歩が頑《かたく》なにさせなかったのだ。指や舌での奉仕は厭《いと》わなかったとはいえ、同じ部屋、同じベッドで眠りながらのそれは、ある意味ひどい拷問だったかもしれない。

でもたしかに、もう大丈夫なのではないだろうか。

先刻の囁きは、

――じゃあ、かわりに解禁して？

だった。

幸歩は真っ赤になってうつむきながら、小さく頷いた。

「よっしゃ……！」

喜びようが可愛くて、つい笑ってしまう。

一柳は着ていたセーターを、シャツまで一緒に脱ぎ捨てた。

少し肉が落ちたとはいえ、鍛えられた綺麗な上体があらわになる。銃創が残っているのが惜しいくらいに綺麗でどきどきした。

傷にふれると、一柳は覆い被さってくる。

ちを変えていた。


「あ……待っ、お風呂に」

「待てねえ。凄い我慢したんだ」

低い囁きに、幸歩も応える。

「……俺も」

びっくりするほどの早さで脱がされて、身体中にキスされた。

喉から乳首を舐めながら、下をさわる。一柳の熱が移ったかのように、そこはすでにかた
ちを変えていた。

「あ……一柳……っ」

彼のものは、はちきれそうになって脚に当たっていた。

「んん、ん……っ」

一柳は幸歩のものを擦りながら、後ろへ舌を這わせてくる。

「だめ、そこ……っ」

恥ずかしさに幸歩は身を捩って逃げようとしたけれども、逃がしてはもらえなかった。執
拗に中まで舐められ、幸歩は背を撓らせる。

「あぁ、あ、あ……っもう」

もういいから、と言っても、一柳はそこから離れようとしない。

幸歩はサイドボードの抽斗《ひきだし》に手を伸ばした。そして手探りで中の壜を摑み、一柳に差し出

す。

「こ、……これ……っ」

自分から誘うようでひどく恥ずかしかった。一柳が引くのではないかとも思う。けれどもそれ以上慣らす時間をかけさせるのが申し訳なかった。

一柳が、噴き出した。

「じゃあ、遠慮なく」

彼はオイルをぱしっと受け取り、手に出して、自身の屹立に塗りつけた。同時に幸歩の後ろにも垂らして濡らす。

舌で溶かされていたところへ指を挿し込まれ、幸歩は小さく啼《な》いた。

「ん、ん……っ」

中のやわらかい襞を指で擦られるのが、たまらなく気持ちがいい。指を何本も挿れられると、とろとろに蕩けていくようだった。

「はぁ、あ……っそこ」

「ここ?」

「……っあ……!」

熱に浮かされたように淫らな要求を口にしてしまい、たまらなく恥ずかしくなる。けれども何度も弄られるうちに、そんな思いもどこかへ消えてしまう。

「あぁ、そこ、もう……っ」

「気持ちいいんだろ？」

囁かれ、こくこくと頷く。

「だから……そこ、一柳ので擦って」

（ああ、何を言っているんだろう）

自分でもまるで制御が利かなかった。おあずけ期間中、抱きあいたくてたまらなかったのは一柳だけじゃないのだと思い知る。

一柳がごくりと喉を鳴らした。

指を引き抜き、かわりに一柳のものをあてがう。そして強く突き上げてくる。

「あぁ……っ」

襞を広げ、ずぶずぶと幸歩の中へ入り込む。

「あ、あ……っ」

（熱い……）

その熱を受け入れる感触に、泣いてしまいそうだった。

「……っ……」

「痛くないか？」

と、一柳は気遣ってくれる。

「……大丈夫」

ただ、ひさしぶりのせいかひどく大きく感じた。散々慣らされたのに、痛いくらいにさらに広げられている気がする。

一柳が幸歩の腰を抱き、動き出す。気持ちいいところを擦られるたびに、幸歩は声を上げた。

「あ、あぁ、はぁ……」

彼のものを食い締めて、腰が浮いて揺れる。両脚を無意識に彼の腰に巻きつけ、より深く繋がろうとする。

「……あ……とける……気持ちいい……」

「幸歩……っ」

一柳が初めて幸歩の名前を呼び、強く抱き竦めてきた。

「……ずっと一緒だ」

（ああ……）

嬉しくてじわりと涙が滲む。

「ん……うん」

幸歩は何度も頷いた。

一柳の背に腕を回し、ぎゅっと抱き締め返す。

伝わってくる彼の体温が、メイドとして抱かれていたときとはたしかに違うものに感じられていた。

あとがき

こんにちは。「妖精メイド」をお手にとっていただき、ありがとうございます。鈴木あみです。

童貞受シリーズ二冊目は、ややヤクザ系お金持ちの攻と、貧乏だけど健気で可愛い受のお話です。アレな身内によって経済的に追いつめられて、元同級生の攻・一柳のもとへメイドとして通うことになる受の幸歩。信じやすい性格が災い（？）して、メイド服まで着せられて、甲斐甲斐しく一柳の世話を焼くのですが――。

自分では王道かも！　って思ってる（笑）。でもなんか違うのかもしれない……。

なお、一話完結式のシリーズですので、このお話だけ読んでいただいてもまったく大丈夫ですが、前回の主人公、須田恭一と白木千春、ほかＤＴ部のメンバーたちもちらちらと顔を出しています。須田が陰で千春とつきあうためにこんな（姑息な・笑）努力をしていた裏側なんかも、前作を既読のかたはあわせて楽しんでいただけましたら嬉しいです。

イラストを描いてくださった、みろくことこ様。前回から引き続き、今回はメイド服のデザインまでお願いしてしまいました。ふりふり超可愛いです～v　きゅんきゅんするようなえろ可愛い幸歩と、イメージぴったりな格好いい一柳を、本当にありがとうございました。お尻も素晴らしくて、ストッキングを破ってえろいことをさせればよかったと思わずにはいられなかったです……！

担当さんにも大変お世話になりました。初稿はよい子だったのですが、最後の段階でけっこう時間がかかり……申し訳ありませんでした。台無しでしたね（涙）。これに懲りずに、次回もどうかよろしくお願いいたします。

ここまで読んでくださった皆様にも、心からありがとうございました。また次の本でもお目にかかれましたら、とても嬉しいです。

鈴木あみ

鈴木あみ先生、みろくことこ先生へのお便り、
本作品に関するご意見、ご感想などは
〒101-8405
東京都千代田区三崎町2-18-11
二見書房　シャレード文庫
「妖精メイド」係まで。

本作品は書き下ろしです

CHARADE BUNKO

妖精《ようせい》メイド

【著者】鈴木《すずき》あみ

【発行所】株式会社二見書房
東京都千代田区三崎町2-18-11
電話　03(3515)2311[営業]
　　　03(3515)2314[編集]
振替　00170-4-2639
【印刷】株式会社堀内印刷所
【製本】ナショナル製本協同組合

落丁・乱丁本はお取り替えいたします。
定価は、カバーに表示してあります。

ISBN978-4-576-13106-1

http://charade.futami.co.jp/

CHARADE BUNKO

スタイリッシュ&スウィートな男たちの恋満載

鈴木あみの本

妖精男子

俺のために、一生童貞でいてくれないか

イラスト＝みろくことこ

一流企業に勤め、将来性もルックスも抜群の白木千春の誰にも言えない秘密。それは齢二十五にしていまだ童貞だということ。モテまくった高校時代に彼女を奪われ続け、今でも恨みを忘れられない恋敵、須田と同窓会で望まぬ再会を果たした千春は、「罪滅ぼしに女の子を紹介する」と言われ……。